Das geheimnisvolle
Bild im Baum

Sigrid Heuck

Das geheimnisvolle Bild im Baum

Mit Bildern von

Daniela Chudzinski

Thienemann

So zeigt sich das Bild im Baum heute.

Rastlos muss ich armer Teufel wandern,
schutzlos zieh'n von einem Ort zum andern,
deshalb man mich überall auch kennt,
überall mich den Zigeuner nennt.

*Altes Zigeunerlied**

Weit unten im Süden Deutschlands befinden sich viele hohe Berge, die bis weit in den Frühling hinein noch mit Schnee bedeckt sind. Sie machen es den Flüssen schwer, den Weg in die Ebene zu finden. Einer von ihnen ist die Isar. Sie kommt aus dem Karwendelgebirge, zwängt sich von dort talabwärts durch einen Stausee und schleppt dabei eine große Menge Geröll mit sich. Irgendwann erreicht sie eine liebliche, von Wäldern und grünen Wiesen bedeckte Hügellandschaft. Diese Gegend ist weit und breit unter dem Namen Isarwinkel bekannt.

Ihr Wasser erhält die Isar durch zahlreiche kleine

* Alle in dieser Geschichte vorkommenden Lieder und Beschwörungsformeln stammen aus dem Buch *Weisheiten der Zigeuner*, ausgewählt von Wilfried M. Bonsack, Gustav Kiepenheuer Verlag, Weimar 1976.

Nebenflüsse, den Rissbach zum Beispiel, die Walchen oder die Jachen. Das Tal, durch das die Jachen fließt, wird Jachenau genannt. Für die Bewohner und ihre Sommergäste ist es das schönste Tal auf der ganzen Welt und kommt gleich nach dem Paradies.

Eine schmale Straße begleitet die Jachen auf ihrem Weg vom geheimnisvollen Walchensee bis hinunter zur Isar nach Lenggries. Wer talaufwärts in Richtung der kleinen Ortschaft Jachenau fährt, kommt zuerst durch Wegscheid und ein Stück weit hinter diesem Dorf an der Gaststätte *Zur Landerermühle* in Leger vorbei. Wenn er danach aufmerksam die Bäume auf der linken Straßenseite betrachtet, entdeckt er schon bald eine Fichte, an deren Stamm eine bemalte Tafel befestigt ist. Sie zeigt das Bild einer Frau in einem roten Mieder. Ihre Schultern bedeckt ein schwarzes Fransentuch und ihren Hals schmückt eine Perlenkette. In der rechten Hand hält sie eine langstielige Pfeife. Sie sieht anders aus als die Frauen in der Jachenau. Ihre Hautfarbe ist dunkel, so wie die der Frauen aus dem Süden, und sie lächelt stolz. Ihre schwarzen Augen scheinen den Betrachter kritisch zu mustern und ihm nachzublicken, wenn er weitergeht.

Unter dem Bild befindet sich eine zweite Tafel mit der Inschrift *Zur Zigeunerin am kalten Wasser.*

Erkundigt man sich bei einem der Bewohner dieser Gegend nach ihr, erhält man fast immer die Antwort, dass sie, soviel man weiß, eine weise, heilkundige Frau gewesen sein soll, vielleicht eine Zauberin oder sogar eine Hexe, in jedem Fall aber die Königin einer Zigeunersippe. Die Auskünfte klingen oft ein wenig verlegen und manchmal auch ein bisschen so, als ob der Befragte die Frage nicht ganz ernst genommen hätte. Vielleicht scheint das aber nur so, weil er vertuschen will, wie wenig er darüber weiß. Sicher sind sich alle, dass diese Frau vor zweihundert Jahren oder noch länger zusammen mit all ihrem Schmuck dort begraben wurde und dass schon viele Leute das Grab mit dem Schatz gesucht, aber noch niemand es gefunden hat. Die Chroniken aus dem Isartal und der Jachenau wissen auch nicht mehr.

In all diesen Jahren, in denen das Bild Schnee, Hagel und Regen ausgesetzt war, ist es allmählich verwittert, und als die Fichte 1957 beim Ausbau der Straße gefällt werden musste, erhielt ein Isarwinkler Maler den Auftrag, es neu zu malen. Dieses neue Bild wurde an einer jüngeren, in unmittelbarer Nähe stehenden Fichte angebracht. Der Stumpf des gefällten Baumes ist heute noch zu sehen.

Es ist allgemein bekannt, dass Zigeuner stets auf jahrhundertealten, von Generation zu Generation überlieferten Wegen durch die Länder ziehen. Sie machen es wie die Zugvögel und benutzen immer dieselben Straßen. So ist es auch in der Jachenau. Viele Zigeuner kommen aus dem Inntal, fahren über den Zirler Berg und am Walchensee entlang. Wenn sie in den Isarwinkel wollen, durchqueren sie vorher das Tal der Jachen.

Wie eh und je lagert auch heute noch manchmal im Sommer eine Zigeunersippe einige Tage auf einer Wiese in unmittelbarer Nähe des Baumes, an dem die bemalte Tafel angebracht wurde. Der einzige Unterschied zwischen damals und heute ist, dass sie großen Wert darauf legen, nicht mehr Zigeuner genannt zu werden. Das Wort *Zigeuner* leitet sich wahrscheinlich von dem persischen Wort *cigauch* ab, was *Musiker* oder *Tänzer* bedeutet. Es wurde jedoch in den letzten hundert Jahren allmählich nur noch als Schimpfwort verwendet, mit dem eine bestimmte Gruppe von Menschen verächtlich gemacht werden sollte. Einige Sippen bezeichnen sich selbst heute als *Sinti,* was auf die Herkunft ihrer Vorfahren aus der indischen Region Sindh im heutigen Pakistan hinweist, andere als *Roma,* was in unsere Sprache übersetzt *Menschen* bedeutet. Sie kommen auch nicht mehr mit Pferd und Wagen, sondern mit Autos und Wohnanhängern. Von dem, was hier in der Jachenau einmal geschehen sein soll, wissen sie genauso wenig wie die Menschen, die hier leben.

Die Geschichte der Frau, die mit all ihrem Schmuck unter dem Baum begraben worden sein soll, ist auch bei denen, die heute noch einmal im Jahr dorthin kommen, in Vergessenheit geraten. Alles, was von ihr zurückblieb, sind die Verwunderung und das Staunen darüber und auch ein wenig die Achtung vor diesem bescheidenen und doch geheimnisvollen kleinen Denkmal, nicht zu vergessen die Hoffnung, an dieser Stelle einmal einen Schatz zu finden.

Das Rätsel um dieses Bild beschäftigte mich lange und ich malte mir aus, wie sich das Leben dieser Frau abgespielt haben könnte. Ich sah die Zigeuner vor meinem inneren Auge, ihre dreckbespritzten Wagen, überdacht mit Planen zum Schutz gegen den Regen, ihre Zelte, die Männer, Frauen, Kinder und Hunde. Sie konnten weder lesen noch schreiben und kannten nur ihre geheimen Zeichen, die sie auf Tür und Tor malten und mit denen sie einer anderen Sippe mitteilten, ob in diesem Haus demnächst eine Hochzeit oder eine Beerdigung stattfinden würde, ob die Besitzer freigebig waren oder geizig und vieles andere mehr. Ich hörte, wie sie Musik machten, manchmal lustig und dann wieder traurig, je nachdem, wie ihnen gerade zumute war.

Sie blieben immer Fremde, hatten oft nicht genug zu essen und wurden in vielen Gegenden verfolgt, für vogelfrei erklärt und gejagt. Doch ihre Armut und der Wunsch nach Freiheit zwangen sie dazu, immer weiter zu wandern. Und nirgendwo lange zu verweilen.

Der alte Janosch und seine Sippe

Damals, vor ungefähr zweihundert Jahren, als die Zigeuner noch mit ihren Planwagen durch die Lande fuhren, mit Pferden handelten, Scheren schliffen, Kessel flickten, Besen banden oder Körbe flochten und keine Landesgrenze ein ernsthaftes Hindernis für sie bedeutete, verbrachte eine Familie den Winter regelmäßig weit im Südosten, mitten in Ungarn, genauer gesagt in der Puszta zwischen Pferde- und Rinderherden, den Hirten, die auf sie aufpassen sollten, und den zahlreichen Ziehbrunnen.

Männer, Frauen und Kinder lebten in ihren Zelten oder den mit Planen abgedeckten Wagen, und wenn der eiskalte Nordwind sich in einen Schneesturm verwandelte, erlaubte ihnen der Gutsherr, auf dessen Grund sie lagerten, in einem alten Schafstall

Schutz zu suchen. Mit Wasser versorgten sie sich an einem Brunnen, Wärme erhielten sie von ihrem Lagerfeuer.

Ab und zu fanden der alte Janosch und seine Söhne Laszlo, Mirko und Rocco auf dem Gut eines reichen Herren Arbeit. Sie flickten Zäune und halfen die Pferde zusammenzutreiben, denn von Pferden verstanden sie mindestens ebenso viel wie die Hirten, vielleicht sogar mehr. Manchmal arbeiteten sie auch bei einem Lehmziegelbrenner oder halfen den Frauen beim Flechten von Körben. Einen Teil ihres Lohnes ließen sie sich in Nahrungsmitteln auszahlen und den Rest in Münzen. Die Nahrungsmittel brauchten sie, um ihren Hunger zu stillen, und mit den Münzen wollten sie Pferde kaufen, an denen überall, wo sie im Sommer durchzogen, großer Bedarf war. Nur Mirko, der schon zwei goldene Zähne hatte, sparte sich etwas Geld für einen dritten.

Der alte Janosch war der Stammvater der Familie. Solange seine Frau noch gelebt hatte, war sie die *Puri-Dai* gewesen, die Stammesmutter oder, wie manche Leute auch sagen, die Stammeskönigin, weil eine *Puri-Dai* die Geschicke ihrer Familie lenkt wie eine Königin ihre Untertanen. Und weil der Alte mit seiner Frau nur drei Söhne, aber keine Tochter bekam, wurde Maruschka, die Frau seines ältesten Sohnes Laszlo, ihre Nachfolgerin. Doch sie besprach die Geschicke der Familie stets mit ihrem Mann und ihrem Schwiegervater.

Das, was ein dichter, mit den Jahren grau gewordener Schnauzbart vom Gesicht des alten Mannes noch sehen ließ, war so runzlig zernarbt wie Eichenrinde. Aber seine Augen strahlten immer noch übermütig, genau wie diejenigen seiner Söhne. Seit dem Tod seiner Frau teilte er sich den Wagen mit Laszlo und Maruschka sowie seinem Enkel Branko. Laszlo hatte die gleiche kühn gebogene Nase wie sein Vater. Wenn er wütend war, blitzten seine Augen, und wenn er lachte, erschienen in seinen Augenwinkeln viele kleine Fältchen. Sein Vater hatte ihm die Liebe zur Musik mitgegeben. Seine Geige bedeutete ihm viel, und all das, was er nicht in Worten ausdrücken konnte, sagte die Geige für ihn.

Seine Frau Maruschka erwartete gerade ihr zweites Kind. In der Nacht, in der es auf die Welt kommen sollte, schwebte der Mond, begleitet von einer Unzahl von Sternen, wie eine runde, leuchtende Laterne über die Steppe. Der alte Janosch und sein Sohn Laszlo hockten am Lagerfeuer und achteten darauf, dass es nicht ausging, damit Laila und Rosina, die Frauen seiner Brüder Mirko und Rocco, die Maruschka in ihrer schweren Stunde beistanden, stets genug heißes Wasser zur Hand hatten. Sie lauschten dem beschwörenden Lied, das die Frauen sangen:

»Feuer, Feuer, brenn geschwind
und beschütz dies kleine Kind.
Gute Feen lock herbei,
dass dies Kind gesegnet sei.
Hier auf Erden, hier auf Erden
soll es glücklich, glücklich werden!
Besenruten, Besenruten
und noch einmal Besenruten
leg ich in die Feuersgluten!
Gute Fee, komm schnell heran,
dass man der Mutter helfen kann!«

Laszlo begleitete sie auf seiner Geige. Nachdem Rosina und Laila ihr Lied beendet hatten, stimmte er eine sanfte, beruhigende Melodie an, weil er hoffte, seiner Frau damit die Geburt zu erleichtern. Der alte Janosch studierte inzwischen die Sterne und versuchte aus ihnen das zukünftige Schicksal des Kindes zu lesen.

»Sonne und Venus stehen im Zeichen der Fische«, erklärte er seinem Sohn. »Immer wenn die Venus im Spiel ist, wird das Kind schön, und wenn es ein Mädchen ist, wird es später einmal eine berühmte Heilerin werden. Man wird es um Rat und Hilfe bitten.«

»Um Rat? Wofür?« Laszlo setzte den Bogen ab und überließ dem Wind die Melodie. Der Wind nahm sie und jagte sie über das Lager hin bis weit in die Steppe.

»Die Menschen werden es bitten, ihnen die Zukunft vorherzusagen. Sein großes Wissen von der Heilkraft der Kräuter, ein Blick in die Zauberkugel und das Legen der Karten werden es in die Lage versetzen, ihnen mit Rat und Tat zur Seite zu stehen und Krankheit oder Kummer zu vertreiben. Vielleicht könnte das Mädchen sogar eine *Tschochani,* eine Zauberin, werden.«

»Dann wird es tief in die Seele der Menschen sehen können?«

»So sagen es die Sterne.«

Mit dem ersten Schrei des Kindes ging die Sonne auf.

»Es soll so schön werden wie die Sonne am Morgen«, wünschte sich Laszlo und begann wieder auf seiner Geige zu spielen. Die Geige erzählte dem Kind, das gerade das Licht der Welt erblickt hatte, wie schön die Erde sei, nicht nur die Puszta mit ihren Pferden, den Hirten und Ziehbrunnen, sondern auch das weite Meer und die großen Städte, allen voran *Saintes-Maries-de-la-Mer*, die Stadt, in der sich einmal im Jahr viele Zigeuner treffen und der heiligen Sara huldigen. Das Lied erzählte ihm auch von Flüssen und Ebenen, von Bergen, auf deren Gipfeln der Schnee das ganze Jahr über liegen bleibt, und von einem wunderschönen Tal zwischen den Bergen, durch das sie ihr uralter Zigeunerweg führte.

Der Bogen hüpfte über die Saiten wie die kleinen Lämmer auf der Weide. Er sprang im Takt einer galoppierenden Pferdeherde und beschrieb sanft das Rauschen des Windes in den alten Weiden am Ufer der Donau, das sich mit dem Gezwitscher der Vögel vermischte. Die fröhliche Melodie brachte das Kind zum Lächeln. Die Welt ist schön, sang die Geige, und sie ist voller Musik und Lebensfreude.

Das Kind war ein Mädchen. Sie tauften es Sara.

Der Aufbruch

Im Frühling war alles in Bewegung. Störche, Schwalben, Lerchen und alle anderen Vögel, die den Winter in Afrika verbracht hatten, kehrten zu ihren Brutplätzen im Norden zurück. Weiße Wolken wanderten über den Himmel und das Wasser der Donau strömte dem Schwarzen Meer entgegen. Da wurde es auch für den alten Janosch und seine Söhne Zeit, das Lager in der Puszta abzubrechen. Die Straße war ihr Zuhause. Die Sehnsucht nach ihr kribbelte in ihren Füßen. Unrast lag ihnen im Blut. Sie vererbte sich von den Eltern auf die Kinder. Sie konnten es kaum erwarten, ihr Lager abzubrechen und sich donauaufwärts auf den Weg zu machen. Laszlo, Mirko und Rocco handelten den Hirten einige Pferde ab, die sie unterwegs wieder verkaufen wollten.

Am letzten Abend schlachtete Mirko einen Hammel, den ihnen der Gutsherr überlassen hatte. Rocco, der seinen Schlapphut auch zum Essen nicht absetzte, briet das Fleisch über dem Feuer und würzte es mit viel Paprika. Zum Dank dafür spielten der alte Janosch und Laszlo auf ihren Geigen. Die Musik fuhr allen in die Beine und forderte sie zum Tanzen auf.

»Ay, ay, allez, hopp, hopp!«, schrie der alte Janosch. Er legte seine Geige zur Seite, sprang wie ein übermütiger junger Schafbock auf und klatschte in die Hände. Sein Schnurrbart wippte im Takt. Seine dunklen Augen blitzten im Schein der Flammen. Niemand konnte Laszlos Geigenspiel widerstehen. Mirko lachte und ließ eine Reihe Zähne blitzen und Rocco hielt seinen Hut fest, damit er beim Tanzen nicht ins Feuer fiel und verbrannte. Die Hirten tanzten mit der dicken Laila und der mageren Rosina, und Branko, Juri, Kolja und Julischka drehten sich allein um sich selbst und ums Feuer.

Nicht einmal Maruschka konnte sitzen bleiben. Maruschka, die Schlanke, die Schöne, ihre *Puri-Dai*, die die Augen der Männer und allen voran diejenigen ihres eigenen entzückte. Sie nahm die kleine Sara auf den Arm und reihte sich ein in den Kreis der Tänzer.

»Als die Mutter dich gebar,
Wochenbett das Lager war;
hundertfarb'ner Himmelsring
über deinem Köpfchen hing.
Gern für dich drum mancher Knab',
hundert Golddukaten gab«,

sang sie und schwenkte das Kind hin und her, während sie im Kreis um das Feuer tanzte und ihre nackten Füße den Takt auf den Boden trommelten. Ihr Rock, rot wie die Farbe der Flammen, flatterte ihr um die Beine und die langen nachtschwarzen Haare zerzauste der Wind.

So lernte Sara schon in den ersten Wochen ihres Lebens tanzen.

Erst als nichts mehr von dem Hammel übrig war und die Hunde auch den letzten Knochen zernagt hatten, hörte Laszlo zu spielen auf und das Feuer wurde kleiner, bis es schließlich ganz verlosch.

Am nächsten Morgen in aller Frühe wurden die Pferde zum ersten Mal in diesem Jahr eingespannt und diejenigen, die Laszlo, Mirko und Rocco von den Hirten gekauft hatten, wurden an den Rückseiten der Wagen angebunden, jeweils zwei oder drei an einen Wagen. Es waren drei Gespanne. Je eines für die drei Brüder und ihre Frauen und Kinder. Der alte Janosch fuhr bei Laszlo mit und die Hunde liefen frei hinterher.

Weil das Wetter schön war und nur wenige kleine weiße Wolken ihnen den Weg zeigten, gingen fast alle zu Fuß.

Nur Maruschka saß auf dem Wagen, weil sie in der Nähe ihres Kindes bleiben wollte. Laszlo hatte den Kasten, in dem Sara schlief, mit Seilen an zwei der halbrunden Stangen befestigt, auf denen sich die Plane über den Wagen spannte. So schaukelte das Kind sanft hin und her, und wenn es wach war, erblickte es drei Pferdeköpfe, die es mit großen, sanften Augen betrachteten und es manchmal auch ganz vorsichtig anschnaubten. Dieses Schnauben, vermischt mit dem Knarren der Wagenräder und dem Trommeln des Regens auf der Plane, war das Schlaflied der kleinen Sara. Wenn sie Hunger bekam, hob sie die Mutter aus ihrer Wiege und ließ sie an ihrer Brust trinken.

Das war der Takt von Saras ersten Lebensjahren.

Manchmal trug sie der Großvater auf seinen Schultern oder ihr Bruder Branko setzte sich mit ihr auf eines der Pferde und ritt hinter dem Wagen her. Kaum hatte sie laufen gelernt, hielt sie sich auch schon allein auf dem Pferderücken. Bald stolperte sie zusammen mit Julischka, Juri und Kolja, ihrer Base und den Vettern, mitten in einer Horde von Hunden hinter der Wagenkolonne her und störte sich nicht daran, wenn sie dabei manchmal hinfiel.

Der schönste Augenblick des Tages war, wenn der Vater am Abend seine Geige hervorkramte, wenn er an ihren Knöpfen drehte und die Saiten stimmte, bis alle Töne so klangen, wie er es haben wollte, und schließlich den Bogen hob und zu spielen begann. Dann hüpfte und sprang sie um ihn herum, schnippte mit den Fingern und juchzte laut.

»Als die Mutter mich gebar,
Wochenbett das Lager war.
Hundertfarb'ner Himmelsring
über meinem Kopfe hing!«,

trällerte sie dann oft vor sich hin.

Wenn sie sich am Abend die Füße am Feuer wärmten, bat sie Maruschka oft: »Erzähl uns eine Geschichte!«, denn ihr Bruder Branko und die anderen Kinder hörten auch gerne zu, wenn die Mutter erzählte.

»Aber unterbrich mich nicht ständig«, ermahnte sie Maruschka und überlegte eine Weile. »Was wollt ihr gern hören?«

»Du wolltest uns doch schon lange einmal erzählen, wie die Geige erfunden wurde!«, bettelte Sara.

Sie setzten sich alle ans Feuer. Rocco schob sich den Schlapphut in den Nacken und legte noch einen Ast in die Flammen. Janosch und Mirko zündeten sich ihre Pfeifen an und Maruschka begann zu erzählen.

Die Geschichte von der Erfindung der Geige

»Es waren einmal ein alter Mann und eine alte Frau.«

»Zigeunermann und Zigeunerfrau«, verbesserte sie Sara.

»Natürlich, was denn sonst«, pflichtete die Mutter ihr bei. »Also, es waren einmal ein alter Zigeunermann und eine alte Zigeunerfrau, die hatten keine Kinder und wünschten sich aber welche.«

»Gleich mehrere?«, wollte Sara wissen.

»Wenigstens eines«, sagte die Mutter und fuhr fort: »Einmal gingen beide im Wald spazieren.«

»Einfach nur so?«

»Nur so«, bestätigte die Mutter geduldig. »Dort im Wald begegneten sie einem alten Weib.«

»Und dem haben sie dann erzählt, wie sehr sie sich ein Kind wünschen?«

»Genau das haben sie.«

»Und was hat ihnen die Alte geraten?«

»Sie sollten zu Hause einen Kürbis aufschneiden, ihn voll Milch füllen und die Milch dann aus dem Kürbis trinken.«

»Woher sollten sie einen Kürbis nehmen und woher so viel Milch?«

»Na, woher schon? Von einem Bauern natürlich.«

»Und der Bauer hat ihnen das alles geschenkt?« Bis dahin hatte Sara noch nie von einem Bauern etwas geschenkt bekommen.

»Nein«, sagte Maruschka. »Der Zigeunermann hat dem Bauern alle seine Messer, Sensen und Sicheln geschärft und die Frau hat der Bäuerin ein paar Kräuter geschenkt, die ihr gegen ihr Rheuma helfen könnten. Und später haben sie den beiden noch das Wetter vorhergesagt.«

»Aha! Und dafür haben sie dann den Kürbis und die Milch bekommen?«

»Freilich. Daraufhin sind der Mann und die Frau zu ihrem Lager zurückgekehrt, haben dort den Kürbis aufgeschnitten, die Milch hineingeschüttet und alles getrunken.«

»Haben sie dann wirklich ein Kind gekriegt?«

»Ja, einen Sohn. Sie haben ihm den Namen Jaromir gegeben. Sie waren sehr stolz auf ihn. Er wurde ein prächtiger Junge.«

»Zigeunerjunge«, verbesserte Sara ihre Mutter.

»Sei doch endlich mal still!«, schimpfte Branko.

»Zigeunerjunge«, bestätigte ihr Maruschka. »Mit großer Liebe zogen ihn seine Eltern auf und brachten ihm alles bei, was er für ein Leben auf der Straße wissen musste. Das war nicht wenig. Doch leider sind sie gestorben, bevor er erwachsen war.«

»Wie schrecklich! Alle beide?«

»Alle beide. Und deshalb fühlte er sich einsam.«

»Aber er hätte doch auf Wanderschaft gehen können!«

»Genau das hat er ja dann getan. Er wanderte und wanderte von Dorf zu Dorf, von Berg zu Berg und von Stadt zu Stadt. Manchmal übernachtete er im Wald, dort, wo das Moos weich war. Er deckte sich mit dem Laub zu, das von den Bäumen fiel, und wenn es gerade regnete und er Glück hatte, schlief er manchmal auch in einer Scheune voller Heu oder in einem verlassenen Schweinestall ...«

»... bis er in eine Stadt kam, in der ein reicher König lebte«, rief Sara schnell.

»Wenn du alles schon weißt, brauch ich dir die Geschichte ja nicht weiterzuerzählen«, sagte Maruschka beleidigt.

»Aber ein König kommt doch in jedem Märchen vor. Das weiß man doch!«, rechtfertigte sich das Mädchen. »Erzähl weiter, bitte, bitte!«

»Dieser reiche König hatte eine Tochter. Er wollte sie nur einem Mann geben, der so klug und phantasievoll war, dass er etwas Besonderes erfinden könne, etwas ganz Einmaliges, noch nie Dagewesenes. Schon viele kluge Männer hatten ihr Glück versucht, denn die Prinzessin war sehr, sehr schön, und lustig war sie auch. Doch alle waren gescheitert und mussten unverrichteter Dinge wieder heimkehren.«

»Es war ihnen halt nichts Gescheites eingefallen.«

»Als Jaromir davon hörte, ging er gleich zum König und fragte ihn, ob er es auch versuchen dürfe. Der König musterte ihn von Kopf bis Fuß. Die Blätter und Strohhalme in seinen Haaren und die armselige Kleidung waren nicht zu übersehen. Und als ihm der Gestank nach Schweinen in die Nase stieg und er die nackten, schmutzigen Füße entdeckte, verzog er das Gesicht vor Ekel.«

»Lass mich weitererzählen!«, unterbrach Sara die Mutter und wartete gar nicht erst ihre Antwort ab. »Sicher traute der König einem armen Zigeunerjungen nicht zu, etwas Neues, Einmaliges erfinden zu können.«

»Da hast du Recht«, pflichtete die Mutter ihr bei. »Er sah nur sein Äußeres. Wie klug und erfindungsreich er war, erkannte er nicht.«

»Das war doch dumm von ihm.«

»Ziemlich dumm. Er ließ den armen Jaromir kurzerhand ins Gefängnis werfen. Kaum war die Tür hinter ihm ins Schloss gefallen, warf sich der Junge weinend auf den Boden und schlief nach einer Weile ein. Im Traum erschien ihm eine wunderschöne Zigeunerfee mit langen schwarzen Haaren, die seiner Mutter ähnlich sah. Sie tröstete den Gefangenen und reichte ihm eine kleine Kiste zusammen mit einem Stäbchen. ›Reiß mir ein paar Haare vom Kopf und spanne sie über die Kiste‹, sagte sie zu ihm. ›Und wenn du das getan hast, streiche mit dem Stäbchen über die Haare. Dann erklingt eine Melodie, mit der du die Menschen fröhlich oder traurig machen kannst, wie du es willst!‹ Sie nahm die fertige Kiste und lachte hinein und gleich danach weinte sie und ließ ein paar Tränen hineinfallen.«

»Und dann hat sie ihm noch gesagt, dass dies eine Geige sei und dass er mit ihr, wenn er fleißig übe, später einmal sehr berühmt werden würde«, rief Sara fröhlich.

»Genau so geschah es«, bestätigte ihr die Mutter.

»Jaromir ließ dem König ausrichten, dass er jetzt etwas erfunden habe, etwas Neues, nie Dagewesenes, mit dem er die Menschen traurig oder fröhlich machen könne, so wie sie es sich wünschten. Und als er wieder vor dem Thron stand, spielte er dem König etwas auf seiner Geige vor, das diesen so fröhlich werden ließ, dass er gleich zu tanzen begann. Als seine Minister sahen, wie viel Spaß er hatte, tanzten auch sie und mit ihnen alle Diener und Soldaten und schließlich das ganze Volk.«

»Und auf der Hochzeit von Jaromir und der Prinzessin tanzten sie alle weiter, und weil sie so sehr mit Tanzen beschäftigt waren, vergaßen sie ihre Streitereien und konnten keine Kriege mehr führen und lebten so lange, bis sie gestorben sind«, jubelte Sara. »Später wurde Jaromir ein berühmter Geiger und zog mit seiner Frau und seinen Kindern durch die Welt, denn er war ein Zigeuner, der es nie lange an einem Ort aushielt.«

Oft musste Maruschka ihrer Tochter Märchen erzählen, immer wieder wurde sie von Sara dabei unterbrochen, bis das Kind sie mit der Zeit besser erzählen konnte als seine Mutter.

Und wenn sie danach müde war, bat sie den Vater, ihr etwas vorzusingen. Und er sang, während der alte Janosch ihn auf seiner Geige begleitete:

»Auf der großen weiten Welt
ist mein Eigen nur ein Zelt;
führ ein Leben ohnegleichen,
tausch doch nie mit einem Reichen!
Kümmre nie mich um das Morgen,
bin ich nur für heut geborgen,
lebe hier und lebe dorten,
bin bekannt an allen Orten.
Mit der Geige in der Hand
zieh ich froh durchs ganze Land!«

Erst dann war die kleine Sara zufrieden.

Auf diese Weise lernte sie viele alte Märchen kennen und wurde bald eine gute Geschichtenerzählerin.

Das war nach dem Tanzen das Zweite, was sie lernte, denn eine Schule kannten die Zigeuner nicht. Die Leute wollten nicht, dass ein Zigeunerkind neben ihren Kindern auf der Schulbank saß, weil sie Angst vor dem wandernden Volk hatten, und die Zigeunerkinder wollten es nicht, weil es ihnen die Freiheit nahm, die sie brauchten. Deshalb trugen die Zigeuner ihr Wissen im Kopf mit sich herum und brauchten keine Bücher dazu.

Saras Kräuterschule

Der alte Janosch führte die Wagenkolonne manchmal ein Stück die Donau aufwärts, dann an den Bergen entlang, über einige Flüsse und grüne Hügel, ein anderes Mal nach Norden ins fränkische Land oder in den Bayerischen Wald. Er und seine Söhne kauften und verkauften den Bauern Pferde, und wo es etwas für sie zu tun gab, Messer zu schleifen oder Kessel zu flicken, blieben sie ein paar Tage.

Maruschka, Laila und Rosina sammelten Holz fürs Lagerfeuer, damit sie am Abend nicht frieren mussten. Die älteren Kinder halfen ihnen dabei. Wenn in einem Dorf oder einer Stadt gerade Jahrmarkt war, dann hockten sich die Frauen an den Rand der Straße und sagten für einige Münzen den Leuten die Zukunft voraus oder verkauften ihnen Kräuter, die ihnen gegen allerlei Krankheiten helfen würden. Die dicke Laila ging mit ihren Spitzendeckchen hausieren und die magere Rosina verkaufte Körbe und Reisigbesen.

Nicht immer hatten sie satt zu essen, und wenn es regnete und der Regen das Lagerfeuer löschte, froren sie oft. Das waren sie gewohnt. Große Ansprüche stellten sie nicht. Sie waren zufrieden mit ihrem Wanderleben. Die Freiheit der Landstraße war ihnen mehr wert als ein warmer Kachelofen.

Am Rand der großen Städte fanden sie nur Schmutz und Elend. Die meisten Menschen waren unfreundlich zu ihnen. Sie duldeten sie nur wenige Tage in ihrer Nähe, schimpften sie Diebe, Betrüger oder faules Pack und schlugen ihnen die Türen vor der Nase zu, wenn sie mit ihren geschmiedeten Kesseln und Töpfen, mit den Weidenkörben, Reisigbesen oder Spitzendeckchen hausieren gingen. Beim geringsten Anlass, wenn die Kinder zu laut schrien oder ihnen die Hunde zu gefährlich erschienen, riefen sie nach den Gendarmen. Deshalb mied der alte Janosch die Städte, soweit es ihm möglich war.

Viel lieber lagerte er draußen am Rand eines Dorfes oder auf einer Waldlichtung in der Nähe einer Quelle oder eines Bachs wie in der Jachenau. Ihr Lagerplatz dort war eine Wiese, ein gutes Stück hinter der Ortschaft Wegscheid, unweit der Jachen, eines Wildbachs. Schon der Vater des alten Janosch und dessen Vater und alle Väter vor ihnen kannten diesen Platz und versäumten es selten, ihr Lager dort aufzuschlagen. Auch wenn sie mit ihren Familien weit im Südosten überwintert hatten und ihr Weg sie weiter nördlich an einem der Donauufer nach Westen führte, nahmen sie doch Jahr für Jahr den Umweg in Kauf, um ein paar Tage lang auf dieser Wiese in der Nähe des kleinen eiskalten Quellbachs, den die Bewohner des Tals *Kaltes Wasser* nannten, einen Halt einzulegen.

Sobald die kleine Sara fest auf ihren Beinen stand, begleitete sie Branko und die anderen Kinder in den Wald, wo sie Pilze und Beeren sammelten oder ihre wilden Spiele spielten, Hufeisenwerfen, Verstecken oder Ochs am Berg. Branko kam es oft wie ein Wunder vor, wie rasch seine kleine Schwester ein sicheres Versteck fand, wie flink sie davonsprang, wenn er sie fangen wollte, und wie sicher sie voraussah, ob sich derjenige, der den Ochs spielte, umdrehen würde. Besonders gern spielten sie an dem kleinen Wasserlauf. Sie bauten Staumauern und leiteten das Wasser um, hüpften darüber oder planschten mit nackten Füßen darin.

Manchmal nahmen Maruschka oder Mirkos Frau

Laila die kleine Sara mit, wenn sie Kräuter sammelten. Sie half ihnen dabei, weil sie gute Augen hatte und eine schnelle Auffassungsgabe.

»Was ist das?«, fragte sie zum Beispiel ihre Mutter und reichte ihr eine gelbe Blume, die sie zwischen den Steinen entdeckt hatte.

»Das ist Arnika«, erklärte ihr Maruschka. »Arnika hilft gegen Halsweh, gegen verstauchte Füße und abgenutzte Gelenke. Ein paar Tropfen Arnikawasser genügen, um Bauchweh zu vertreiben oder wenn sich jemand den Fuß verrenkt hat. Wichtig ist es zu wissen, wie man die Kräutermedizin zubereitet und wie man sie anwendet, innerlich, äußerlich oder als Rauch.«

»Als Rauch?«, fragte die kleine Sara erstaunt. »In einer Pfeife? So wie es der Großvater macht?«

»Aber nein«, entgegnete ihr die Mutter entsetzt. »Nicht so, sondern so, wie die Bauern den Schinken räuchern. Man schließt alle Türen und Fenster, wirft eine Mischung aus Brombeerblättern, Blüten der Königskerze, Pfefferminze, Veilchen und noch einigen anderen Kräutern ins offene Feuer und lässt den Kranken den Rauch einatmen, während man einige Verse spricht.«

»Und dann werden sie wieder gesund?«

»Das hilft«, versicherte die Mutter der kleinen Sara. »Der Kranke muss nur fest daran glauben, dann vertreibt der Rauch die bösen Geister seiner Krankheit.«

»Stimmt das?«

»Wenn der Kranke aber an der Kraft der Pflanzen zweifelt, hilft es nicht. Sonst schon.«

Auf diese Weise lernte Sara nicht nur viele Heilkräuter kennen, sondern auch wo sie zu finden waren und wie man sie anwendete.

Wenn sie in der Nähe eines Marktes lagerten, begleitete sie Maruschka, Laila und Rosina dorthin. Dann sah sie ihnen zu, wie sie den Leuten selbst gehäkelte Borten und Spitzendeckchen anboten oder ihnen die Karten legten und aus der Hand lasen. Die meisten jungen Mädchen wollten wissen, ob sie bald einen Ehemann bekämen, die jungen Männer erhofften sich ebenso bald eine tüchtige Ehefrau, die verheirateten Frauen fragten, ob ihnen ihre Männer treu seien, und die Männer, ob die Kuh, die sie gerade gekauft hatten, auch wirklich ein Kalb bekäme, wie der Verkäufer es ihnen versprochen hatte, und ob in diesem Sommer die Ernte gut werden würde. Besonders schwierige Kunden lud Maruschka ins Lager ein, wo sie ihre kostbare Kristallkugel befragen konnte. Es gab immer viel zu tun für die Zigeunerfrauen, denn sie blieben nie lange an einer Stelle. Deshalb hatten die Leute nur einmal im Jahr Gelegenheit, sie um Hilfe für ihre Kranken zu bitten oder sich die Zukunft voraussagen zu lassen.

Aber Sara lernte auch, dass Zigeuner von vielen Menschen gemieden wurden. Mütter verboten ihren Kindern mit ihr zu spielen. Auch die Männer, die Laszlo oder Rocco manchmal ein Pferd abkauften, wollten weiter nichts mit ihnen zu tun haben. Der alte Janosch und seine Sippe lagerten vor der Stadt und nach einer Weile zogen sie weiter. Das war so. Das würde immer so bleiben. Herumzuziehen waren sie gewohnt. Sie liebten bunte Kleider, goldenen Schmuck und ihre Geigen. Am allerliebsten blieben sie unter sich.

»Wir sind Fremde für sie«, erklärte der alte Janosch seiner Enkelin, als sie ihn danach fragte. »Unsere Haut ist dunkler als die ihre, unsere Augen sind unergründlich wie ein Moorsee an seiner tiefsten Stelle und die Haare so schwarz wie das Fell eines Rappen. Das ist ihnen unheimlich.«

»Wir tun ihnen doch nichts!«

»Nein. Aber sie trauen uns nicht.«

»Vielleicht sind sie auch ein wenig neidisch«, fügte Maruschka hinzu.

»Neidisch? Warum denn das?«

»Weil wir viel mehr von der Welt sehen als sie.«

Nachdenklich betrachtete Sara die Linien in ihrer Hand und versuchte sich selbst die Zukunft voraus-zusagen. Aber sie war noch zu klein, um etwas erkennen zu können. Sie schob den Gedanken daran beiseite und ging lieber mit Branko, Juri und Julischka spielen. Doch die Frage, warum die Leute sie mieden oder Angst vor ihnen hatten, konnte ihr niemand beantworten.

Die fremden Kinder

Sara lernte alles rascher als die anderen Kinder aus ihrer Familie. Sie hatte gute Augen und fand die Pflanzen, die Maruschka suchte, bald viel schneller als sie. Sie lernte von ihr, wie man sie zu Sträußen binden und aufhängen musste, damit sie trockneten, wie man aus ihnen Salben und Tinkturen zubereitete und welche Verse man aufsagen musste, um einen Kranken mit Rauch zu heilen.

Wenn sie im Lager nicht gebraucht wurde, spielte sie mit Branko und den anderen im Wald. Sie war die Wildeste von allen und die Hübscheste. Ihre Augen glühten wie die verkohlenden Äste im Lagerfeuer, ihre Locken waren schwarz wie die Mähne eines Rappen und ebenso schwer zu bändigen wie dieser. Sie hielt nicht still, wenn Maruschka ihr die

Haare bürsten wollte. Wenn sie lachte, erschien eine Reihe perlweißer Zähne hinter ihren Lippen, heller als der Sternenhimmel. Sie liebte bunte Kleider und ihr Rock musste immer weit sein, damit er beim Tanzen um sie herumfliegen konnte, denn sie tanzte für ihr Leben gern, wenn ihr Vater Geige spielte.

»Warum ist sie so anders als die anderen?«, fragte Maruschka den alten Janosch.

»Weil bei ihrer Geburt Sonne und Venus im Zeichen der Fische standen«, entgegnete ihr der Großvater. »Sie wird etwas Besonderes. Vielleicht wird sie sogar eine *Tschochani.*«

»Eine Zauberin!«, rief Maruschka erstaunt. Eine echte *Tschochani* kommt nämlich höchstens alle hundert Jahre einmal auf die Welt. Sie hat besondere Fähigkeiten, die Zukunft vorauszusehen und genau zu wissen, was einem Kranken fehlt. Wenn das bekannt wird, kommen die Leute von überall her und bitten sie um Rat und Hilfe. Aber oft wird sie auch angefeindet, wenn schlechte Voraussagen eintreffen. Das Leben einer *Tschochani* ist schwerer als das der anderen Zigeunerfrauen.

»Vielleicht.« Der alte Janosch wiegte seinen Kopf hin und her. Da wusste Maruschka nicht, ob sie stolz oder traurig darüber sein sollte.

Als die Zigeuner wieder einmal in der Jachenau ihr Lager aufschlugen, war es das achte Jahr nach Saras Geburt.

Es war im Heumonat und der Tag war heiß. Über dem Tal lag der schwere Duft frisch geschnittenen Grases, gerade das richtige Wetter, um mit den Pferden in die Schwemme zu reiten.

»Sara, komm mit uns«, rief Branko ihr zu. »Wir bringen die Pferde zum Fluss!« Er saß auf dem Braunen, einem Gespannpferd seines Vaters. Juri ritt den fuchsfarbenen Wallach und Kolja einen Schecken. Jeder von ihnen führte noch ein oder zwei Pferde an der Hand. Branko zog Sara hinter sich auf den blanken Rücken des Braunen. So ritten sie alle zum Ufer der Jachen, dorthin, wo die Böschung es erlaubte, mit den Tieren ins Wasser zu gehen, damit sie ihre müden Beine kühlen konnten.

Die Pferde liebten es, mit den Hufen ins Wasser zu schlagen, sodass es hoch aufspritzte und die Kinder nass wurden. Sie lachten und kreischten laut vor Vergnügen.

Keines von ihnen bemerkte, dass sie beobachtet wurden. Zwei helle Augenpaare lugten durch das Weidengesträuch am anderen Ufer, neugierig, verwundert und bald schon unwillig über das, was sie sahen.

»He! Was tut ihr da?«, brüllte eine wütende Kinderstimme. Ein Junge sprang aus dem Gestrüpp und fuchtelte wild mit den Armen. »Ihr habt hier nichts zu suchen. Das Ufer gehört nicht euch!« Seine nach allen Seiten hin abstehenden rotblonden Haare schienen sich zu sträuben wie die Rückenhaare eines knurrenden Hofhundes. Auch die Haare des kleinen Mädchens, das hinter ihm auftauchte, leuchteten mehr rot als blond, ähnlich den Blättern des wilden Weins, kurz bevor der erste Schnee fällt. Nase und Wangen bedeckten unzählige Sommersprossen. Sie musste etwa in Saras Alter sein. Die hellen Augen wetteiferten an Klarheit mit dem Wasser der Jachen. Hinter den beiden flatterte eine Schar Gänse erschrocken davon.

»Was fällt euch ein? Macht, dass ihr fortkommt!« Der Junge bückte sich, hob einen Stein auf und schleuderte ihn zwischen die Pferde. »Haut ab, ihr habt hier nichts zu suchen!«

Der Stein traf den Braunen auf der Kruppe. Er erschrak, wusste nicht, wofür er bestraft wurde, stieg, wendete blitzschnell, schlug heftig aus und traf versehentlich eines der Handpferde Brankos. Dieses riss sich los, sprang in großen Sätzen durchs Wasser und flüchtete über die Böschung zurück ans Ufer. Branko konnte nicht verhindern, dass der Braune ein

Stück weit mitgerissen wurde, Juris fuchsfarbener Wallach und Koljas Schecke folgten ihnen. Es war ein heilloses Durcheinander. Alle klammerten sich an den Mähnen fest, um das Gleichgewicht nicht zu verlieren.

Nur Sara, die hinter Branko auf dem Rücken des Braunen saß, hatte keine Mähne vor sich, an der sie sich festhalten konnte. Sie hatte nur ihren Bruder, der selbst kurz ins Rutschen kam. Durch den Sprung, die schnelle Wendung, den plötzlichen Schreck verlor sie das Gleichgewicht und stürzte ins Wasser.

»Branko, halt, halt!«

Auch wenn Branko versucht hätte sein Pferd anzuhalten, um seiner Schwester zu helfen, hätte er es nicht mehr gekonnt. Der Braune hatte Angst und ängstliche Pferde ergreifen die Flucht und lassen sich oft nicht mehr bremsen. Ehe sie's sich versahen, waren Branko, Juri und Kolja mit ihren Pferden im nahen Wald verschwunden. Sara blieb allein zurück.

Glücklicherweise war die Jachen an dieser Stelle kaum mehr als knietief. Glasklar strömte das Wasser über die weißen Kieselsteine und vermischte sich mit den Tränen des kleinen Mädchens.

»Benedikt, hilf ihr!«, rief eine Stimme. Das fremde Mädchen schubste den Bruder über die Böschung. Der Junge hatte denselben Gedanken. Schuldbewusst stürzte er sich in den Fluss, packte Sara unter den Armen und zerrte sie ans Ufer, wo seine Schwester schon auf sie wartete.

»Tut mir Leid!«, murmelte er verlegen und musterte Sara mit seinen hellen Augen neugierig, während seine Schwester Sara mit ihrer Schürze abzutrocknen versuchte. »Das hab ich nicht gewollt.«

»Hättest dir denken können, dass Pferde schnell erschrecken«, schluchzte Sara vorwurfsvoll.

»Hätt ich, hätt ich«, sagte der Junge reumütig.

Seine Schwester wollte Sara trösten. »Du bist ja ganz nass! Komm mit uns heim. Dort kannst du ein Kleid von mir anziehen!«

»Agnes, nein, nein! Das geht nicht.« Benedikt zog sie erschrocken zur Seite und flüsterte ihr etwas ins Ohr, das Sara nicht verstand. »Bsch, du weißt doch …«

»Aber …!«

»Trotzdem. Bsch, das sind Zigeuner. Du weißt doch …«

Glücklicherweise tauchte im selben Augenblick am gegenüberliegenden Ufer Branko auf dem Rücken des Braunen wieder auf. Nachdem sich die Tiere von ihrem Schreck erholt hatten, waren Juri und Kolja mit ihren und Brankos Handpferden allein zum Lager geritten. Nur Branko hatte den Braunen gewendet, um zum Ufer zurückzukehren und seine Schwester zu holen.

»Branko!«, rief Sara glücklich, als sie ihren Bruder entdeckte.

»Sara, hast du dir wehgetan?«

Wütend trieb Branko sein Pferd ins Wasser. Wortlos, mit zusammengekniffenen Lippen, zog er Sara hinter sich auf den Rücken des Braunen. »Halt dich fest!«, fuhr er sie an, warf Benedikt und Agnes einen zornigen Blick zu, wendete und ritt zurück ans andere Ufer.

»Mit denen haben wir nichts zu schaffen!«, sagte er, als sie außer Hörweite waren. »Es lohnt sich nicht, mit ihnen zu sprechen.«

Die beiden fremden Kinder hatten keine Zeit gefunden, sich zu entschuldigen. Verblüfft sahen sie zu, wie Branko und Sara mit dem Braunen im Wald verschwanden.

»Es ist vielleicht besser, du erzählst den anderen nichts davon!«, riet Branko seiner Schwester. »Sonst verbietet man uns noch, mit den Pferden in die Schwemme zu reiten.«

Das Gänseblümchen-Orakel

Auch Branko, Juri und Kolja berichteten niemandem im Lager etwas von dem Vorfall. Maruschka wunderte sich nur, warum Saras Kleider so nass waren, doch Sara erklärte ihr, dass die Pferde immerzu mit ihren Hufen ins Wasser geschlagen hätten, bis es hoch aufspritzte und die Reiter durchnässte.

»Lass sie!«, brummte der alte Janosch und nahm seine Pfeife aus dem Mund. »Als wir jung waren, hatten wir auch unseren Spaß daran, die Pferde im Fluss pantschen zu lassen.« Kopfschüttelnd hängte Maruschka die Kleider ihrer Tochter über die leere Deichsel des Wagens zum Trocknen auf.

»Der Tee geht zu Ende«, sagte sie am nächsten Morgen zu Sara und reichte ihr ein Körbchen. »Pflück mir Pfefferminze und Kamille!«

Sara hatte sich von dem Geruch nach frischen grünen Pfefferminzblättern leiten lassen, der sie zum Ufer der Jachen führte, und dort unter den Weiden so viele junge Pflanzen entdeckt, dass der kleine Korb schnell gefüllt war.

Es war ein schöner, sonniger Tag. Weiße Wolkenflocken zogen über den Himmel und im Wasser glänzten die hellen Kieselsteine. Auf einer Erle flötete eine Amsel. Sara liebte den Gesang der Amseln fast ebenso wie die Melodien, die ihr Vater seiner Geige entlockte. Sie ließ sich am Ufer auf einem Findlingsblock nieder, den der Gletscher abgelegt hatte.

Die beiden Kinder fielen ihr wieder ein, die sie vorher noch nie hier getroffen hatte. Benedikt hieß der Junge und Agnes seine Schwester. Sicher waren sie auf einem Bauernhof in der Nähe zu Hause. Obwohl dieser Benedikt mit seinem Stein die Pferde erschreckt hatte und Sara deshalb ins Wasser gefallen war, hatte sie beide nett gefunden und es war ja alles gut ausgegangen. Dem Benedikt hatte die ganze Sache Leid getan und Brankos Zorn würde schnell verrauchen. Das wusste sie aus Erfahrung. Gut, dass Branko, Juri und Kolja niemandem etwas von dem Zwischenfall erzählt hatten.

Gedankenlos pflückte sie ein Gänseblümchen.

Vielleicht begegne ich ihnen bald wieder, wünschte sie sich und fing an, die einzelnen Blütenblätter abzuzupfen. »Ich seh sie wieder. Ich seh sie nie mehr«, murmelte sie vor sich hin und zupfte ein Blättchen nach dem anderen ab. »Wieder oder nie.« Und als sie nur noch drei Blätter zu zupfen hatte und gerade bei »wieder« angekommen war, hörte sie am gegenüberliegenden Ufer Gänseschnattern. »Ich seh sie nie wieder, ich treff sie schon bald!«, flüsterte sie vor sich hin und zupfte das letzte Blättchen ab.

»Was tust du denn da?«, rief eine helle Kinderstimme vom anderen Ufer zu ihr herüber. Sara sah auf und entdeckte das rothaarige Mädchen von gestern. Es winkte ihr zu. Um es herum schnatterten mehr als ein Dutzend Gänse. Als sie den kleinen Fluss vor sich sahen, stürzten sie sich hinein, flatterten, tauchten die Köpfe unter und ließen sich das Wasser über die Rücken laufen. Sie freuten sich. Es waren große, graue Gänse mit gelben Schnäbeln und klugen Augen.

»Ich hab mein Orakel befragt«, rief Sara zurück. »Mein Gänseblümchen-Orakel.«

»Was ist ein Ora-dingsbums?«

»Du kannst ihm eine Frage stellen und es gibt dir Antwort.«

»Eine Frage?«, sagte Agnes erstaunt. »Was für eine

Frage? Ein Gänseblümchen kann doch keine Frage beantworten!«

»Kann es doch.«

»Kann es nicht.«

»Kann es doch. Du kannst es sogar fragen, was morgen passiert.«

Da wurde Agnes die Unterhaltung von einem Ufer zum anderen zu dumm und sie rief schnell: »Wart, ich komm rüber!«, hob ihren Rock ein wenig an und stapfte mit nackten Füßen ins Wasser, vorbei an ihren Gänsen und durch den Fluss auf die andere Seite, wo Sara auf ihrem Felsblock saß. »Was morgen passiert? Auch was übermorgen passiert oder in einem halben Jahr?«, wollte sie wissen.

»Wenn du etwas unbedingt wissen willst, ja«, erwiderte Sara, reichte Agnes die Hand und half ihr über die Böschung.

Doch als das fremde Mädchen das zerrupfte Gänseblümchen in Saras Hand entdeckte, ließ sie nicht locker. »Wie machst du das? Bitte sag es mir! Ich sag's auch nicht weiter.«

Daraufhin erklärte ihr Sara, was sie tun musste, um mithilfe eines Gänseblümchens die Zukunft zu befragen.

»Du stellst eine Frage, die du mit Ja oder Nein beantworten kannst, und beginnst die Blütenblätter abzuzupfen. Das letzte Blatt sagt dir dann, was geschehen wird.«

»Das muss ich gleich auch versuchen«, rief Agnes fröhlich. Doch ihr fiel keine andere Frage ein als die, ob ihre Patentante an ihrem in wenigen Tagen stattfindenden Geburtstag zu Besuch kommen würde. Sie mochte ihre Patentante besonders gern, beinahe so gern wie ihre Mutter und ihren Vater.

Also pflückte sie ein Gänseblümchen ab und begann zu zupfen. »Sie kommt. Sie kommt nicht. Sie kommt. Sie kommt nicht«, sagte sie immerzu vor sich hin und endete schließlich mit: »Sie kommt.« Dann stockte sie kurz und blickte Sara an. »Und was jetzt?«, fragte sie.

»Jetzt musst du warten, ob das Orakel Recht behält.«

»Oh«, seufzte Agnes glücklich. »Das wäre schön!«

In diesem Augenblick machten die Gänse Anstalten, jachenabwärts davonzuschwimmen.

»Ich muss gehen!«, rief sie und sprang auf, dass ihre Zöpfe flogen. »Kommst du mal wieder hierher?«

»Vielleicht«, erwiderte Sara leise. »Das weiß ich noch nicht.«

Aber das konnte Agnes nicht mehr hören. Sie rannte durchs Wasser hinter ihren Gänsen her, lockte und rief und hatte alle Mühe, sie wieder ans Ufer zu treiben. Und als es ihr schließlich gelang, war Sara längst mit ihrem Körbchen voller Pfefferminze im Wald verschwunden.

»Wo warst du denn so lange?«, schimpfte Maruschka ihre Tochter, als sie ins Lager zurückkehrte. »Pfefferminze findet man doch überall. Branko und Kolja haben schon nach dir gesucht.«

Sara erfand eine Ausrede und bis zum nächsten Morgen hatte die Mutter alles schon wieder vergessen.

Sara vergaß Agnes nicht. Obwohl sie alle den Markt in Lenggries besuchten, dachte sie doch immer wieder an das rothaarige Mädchen und natürlich auch an ihren Bruder, den Benedikt. Sie wäre so gern ihre Freundin geworden, doch sie würden sicher bald ihr Lager abbrechen. Dann müssten die Bauernkinder zurückbleiben, während sie mit ihrer Sippe weiterfuhr. Bauern waren sesshaft. Sie hatten Vieh zu versorgen und Felder zu bestellen. Zigeuner waren fahrendes Volk. Sie hielten es nie lange an einem Ort aus. Wann und wo ein Markt abgehalten wurde, wussten sie genau. Dazu brauchten sie keinen Kalender.

Bauern und Handwerker brachten ihre Waren auf

den Markt, um sie dort zu verkaufen. Mirko und Rocco verkauften mit gutem Gewinn zwei Pferde. Laszlo und sein Vater boten Weidenkörbe an und Reisigbesen. Einige Bauern ließen ihre Eimer von ihnen flicken und ihre Messer schleifen.

Maruschka, Laila und Rosina lasen auf Verlangen den Leuten aus der Hand oder legten ihnen die Karten, wobei Sara ihnen zuhörte.

»Jemand in deiner Nähe versucht dich zu betrügen«, erklärte Laila einer dicken Bäckerin und deutete auf die vor ihr liegenden Karten. »Vielleicht ein Freund oder dein Mann. Jemand, den du gut kennst. Sei vorsichtig und folge nicht allem, was er dir rät!«

Maruschka, die nachdenklich die Linien in der Hand einer verhärmt aussehenden Frau studierte, weissagte ihr, dass sie bald eine große Reise machen und dabei neue Freunde kennen lernen würde. »Aber sei nicht zu vertrauensselig!«, ermahnte sie sie zum Schluss.

Sara lernte, dass es gut war, Voraussagen nicht allzu genau erscheinen zu lassen. Es konnte so eintreffen, aber auch ein bisschen anders. Warnungen waren immer angebracht. Sie beobachtete die Mienen der Kunden, die etwas von den Zigeunerinnen wissen wollten, erkannte den Lichtstrahl der Hoffnung, wenn die Auskunft günstig war, und den Zweifel, wenn sie ihnen ungünstig erschien. Bei guten Weissagungen wurde der geforderte Betrag häufig aufgerundet. Über Krankheit oder Tod wurde nicht gesprochen.

Nicht in allen Städten wurden die Zigeuner auf den Märkten geduldet. Sie hatten schon schlechte Erfahrungen gemacht. Manchmal tauchte ein Gendarm auf und teilte ihnen mit, dass sie sofort verschwinden müssten, weil der Bürgermeister nicht erlaubte, dass sie innerhalb ihrer Mauern auftauchten.

»Wir haben ihnen doch gar nichts getan!«, jammerte Sara ihrem Großvater vor.

»Das kommt, weil wir herumziehen«, hatte ihr der alte Janosch erklärt. »Schon immer machten sich wandernde Menschen verdächtig. Die Leute haben keine Zeit, uns kennen zu lernen. Sie lieben uns nur, wenn wir Geige spielen, und merken dabei nicht, dass wir die schönsten Melodien für uns behalten. Die sind uns zu schade für fremde Ohren.«

Da hatte Sara über die List des Alten gelacht und sich vorgenommen einmal so klug zu werden wie er. Sie wollte eine *Tschochani* werden, eine Zauberin. Doch dazu musste sie noch vieles lernen.

Und während sie ihrer Mutter zuhörte, die den Frauen gute Ratschläge gab, fiel ihr immer wieder die rote Agnes mit ihren Zöpfen und den vielen Sommersprossen ein. Wie gern hätte sie gewusst, ob sie die beiden noch einmal am Ufer der Jachen treffen würde, ob das Gänseblümchen-Orakel eingetroffen und die Patentante an ihrem Geburtstag zu Besuch gekommen war. Dass sie auch den Benedikt gern wiedergesehen hätte, gestand sie sich nicht ein.

Am nächsten Tag regnete es und Sara begleitete die Mutter bei einem Krankenbesuch. Am übernächsten war das Wetter immer noch schlecht und sie musste Maruschka bei der Wäsche helfen. Erst am dritten Tag schlich sie sich davon und rannte zum Ufer der Jachen.

Doch Sara musste enttäuscht feststellen, dass der Fluss die Ufer überschwemmt hatte. Das wilde Wasser riss alles mit sich, was ihm keinen Widerstand leisten konnte. Totes Holz und Weidengestrüpp, Grasbüschel und Erdklumpen. Für Agnes und ihre Gänse war das viel zu gefährlich.

Sara musste noch einen Tag warten, bis sich die Strömung allmählich beruhigte und Agnes ihre Gänse ungefährdet wieder am Ufer weiden lassen konnte.

»Sara, Sara!«, rief sie ihr entgegen. »Seid ihr noch da?« Woraufhin Sara so fröhlich durchs Wasser hüpfte, dass ihr Rock nass wurde und die Gänse erschreckt hochflatterten.

»Ich hab so gehofft, dass ich dich noch einmal hier treffe«, sagte Agnes, gleich nachdem die Gänse wieder zurückgekehrt waren und sich beide auf der Wiese niedergelassen hatten. »Konnt's gar nicht mehr erwarten.«

»Was ist denn geschehen?«

»Na ...«

Sara verstand sofort, was sie gemeint hatte. »War deine Tante zu deinem Geburtstag da?«

Da strahlte Agnes sie an und nickte. »Ja, dein Gänseblümchen-Dingsbums hat Recht behalten.«

»Hab ich dir doch gleich gesagt.«

So hockten sie beieinander und erzählten sich ihre Erlebnisse.

Sara berichtete Agnes, wie es auf dem Markt gewesen war, und Agnes erzählte vom Besuch der Patentante, dass sie ihr ein Kettchen mit einem silbernen Kreuz zum Geburtstag geschenkt hatte, dass der Benedikt so viel von ihrem Geburtstagskuchen in sich hineingestopft hatte, bis ihm der Bauch wehtat, und dass die Mutter sich fürchterlich aufgeregt hatte, weil sie beim morgendlichen Zählen ihrer Gänse feststellen musste, dass eine von ihnen fehlte.

Bevor sich Sara näher nach der verschwundenen

Gans erkundigen konnte, schreckte die beiden ein Ruf hoch.

»Agnes, Agnes!«, und dann noch einmal: »Wo bist du?«

»Hier!«, rief das Mädchen zurück. »Hier sind wir!«

Verschwitzt und außer Atem tauchte hinter ihnen der Benedikt auf. »Du sollst sofort heimkommen. Die Mutter braucht dich im Stall. Wir müssen noch ein Fuder Heu einfahren. Es gibt ein Wetter.« Als er Sara entdeckte, blieb er erschrocken stehen. »D... das Zigeunerbalg«, stotterte er und fuhr seine Schwester an: »Du weißt doch, was der Vater gesagt hat. Wir sollen nicht mit denen reden. Das sind Diebe. Aus dem Weg gehen sollen wir ihnen.«

»Ach was!« Agnes schüttelte den Kopf. »Das ist mir gleich. Sara ist eine Ausnahme.«

Sara war während der Auseinandersetzung aufgestanden. Verlegen strich sie sich eine dunkle Locke aus der Stirn.

»Wir haben uns nur zufällig hier getroffen«, sagte sie und blickte dabei dem Jungen direkt ins Gesicht. »Was ist schlimm daran?«

»Der Vater will es nicht«, wiederholte Benedikt trotzig. »Er hat es verboten. Warum, hat er nicht gesagt.«

Da drehte Sara sich um, raffte mit einer Hand den

Rock hoch, sprang von der Böschung ins Wasser und durchquerte die Jachen, ohne sich noch einmal umzusehen, ohne sich zu verabschieden oder Agnes zu fragen, ob sie sich wieder einmal hier treffen könnten.

Traurig über ihren wortlosen Abschied sah Agnes ihr nach.

»Komm, eil dich! Treib die Gänse zusammen. Die Mutter wartet auf dich!«, rief ihr Benedikt zu. Da holte sie die Gänse und folgte ihrem Bruder.

Bedrückt kehrte Sara ins Lager zurück.

»Ist was?«, fragte Branko, als er ihr über den Weg lief.

Sie blickte nur auf den Boden und ließ die Schultern hängen.

»Nein, nein«, murmelte sie und kletterte in ihren Wagen.

Branko sah ihr erstaunt nach und ging kopfschüttelnd weiter.

Der alte Janosch und Maruschka waren viel zu beschäftigt, um Saras Kummer zu bemerken. Julischka musste ihrer Mutter zur Hand gehen und Kolja putzte zusammen mit Juri die Pferde.

In dieser Nacht begann es wieder zu regnen. Der Himmel weinte und Sara weinte mit ihm.

Warum war es den fremden Kindern verboten,

mit ihnen zu reden? Was war an ihr so anders? Waren es ihre ewig verstrubbelten schwarzen Haare oder die dunkle Farbe ihrer Haut? Sie konnte doch nichts dafür, dass sie ein Zigeunerkind war.

Das Gewitter

Am anderen Morgen hatte es aufgehört zu regnen, aber der Himmel war immer noch bewölkt. Die Stimme des alten Janosch weckte Sara. Er unterhielt sich mit ihrem Vater.

»Es wird Zeit zusammenzupacken«, sagte er. »Wir müssen weiter.«

»Heute?«, fragte Laszlo.

»Spätestens morgen.«

An diesem Tag wurde es schwül. Die Hitze legte sich über das Tal wie eine warme unsichtbare Decke.

»Es wird ein Gewitter geben.« Seufzend holte die dicke Laila ihre Wäsche von der Leine.

Gegen Mittag brauten sich dunkle Wolken zusammen. Kein Lufthauch bewegte die Blätter der Bäume. Die Hunde verkrochen sich in den Schatten unter den Wagen und die von Fliegen gequälten Pferde schlugen wild um sich.

Sara half ihrer Mutter bei der Wäsche, während sich der alte Janosch ächzend auf seinem Lager wälzte, weil er das kommende Wetter in seinen Knochen spürte. Auf den Hemden der Männer erschienen nasse Flecken. Sogar Rocco hatte seinen Schlapphut abgelegt. Die schulterlangen Haare waren nass vor Schweiß. Laszlo und Mirko überprüften die Stricke, mit denen die Zelte befestigt waren. Rocco und Kolja nagelten einem der Pferde ein Eisen fest. Branko, Juri, Julischka und Sara kamen gerade aus dem Wald ins Lager zurück, wo sie Brennholz gesammelt hatten. Immer neue Wolken drängten vom Westen über die Berge. Es grummelte leise.

Von Wegscheid her rumpelte ein Wagen die Straße herauf. Als er näher kam, richtete sich Rosina plötzlich hoch auf: »Rocco, Laszlo, seht mal!«

Maruschka wäre vor Schreck fast der Korb aus den Händen gerutscht. Auf dem Kutschbock des Wagens hockten zwei grün uniformierte Männer. Gendarmen, das bedeutete nichts Gutes. Sie schickte Sara weg, um den Großvater zu holen.

Der fremde Wagen bog von der Straße ab und hielt am Rand des Zigeunerlagers. Mit der Pfeife im Mund stand der alte Janosch zu ihrem Empfang bereit.

»Was gibt's?«, fragte er.

Die beiden Männer hielten es nicht für nötig, vom Wagen zu steigen. »Es wurde Anzeige gegen euch erstattet!«, sagten sie von oben herab.

»Weshalb und warum? Wir haben niemandem etwas getan.«

»Die Bäuerin vom Leitenhof drunten bei Leger hat euch angezeigt. Sie vermisst seit heute Morgen eine Gans. Ihre schönste und fetteste.«

»Damit haben wir nichts zu tun.«

»Sie behauptet, ihre Kinder hätten eure Kinder an der Jachen getroffen.«

»Das kann schon sein.« Gelassen nahm der Großvater die Pfeife aus dem Mund. »Aber was hat das mit der verschwundenen Gans zu tun?«

»Sie behauptet, sie sei ihr gestohlen worden.«

»Das wird ein Fuchs gewesen sein.«

»Dann hätte man Federn gefunden.«

»Aber was hat die Gans mit unseren Kindern zu tun? Sollen sie etwa die Diebe gewesen sein?«

»Genau das behauptet die Bäuerin.« Einer der beiden Gendarmen nahm eine steife Haltung an, um einen amtlichen Eindruck zu erwecken. »Und deshalb hat sie euch angezeigt.«

Sara glaubte, ihr Herz höre auf zu schlagen vor Schreck. Hinter der Mutter stehend hatte sie alles mit angehört. Sie kletterte auf den Wagen, hockte sich auf einen Stapel alter Säcke, zog sich eine Decke über den Kopf und hoffte, dass sie niemand hier suchen würde. Mirko hatte sich hinter dem Großvater aufgebaut. Laszlo, Rocco und die Jungen stellten sich neben ihn. Die Frauen verharrten mitten in ihrer Arbeit.

»Von uns hat niemand eine Gans gestohlen«, sagte der Großvater gerade. Nur am Zittern seines Schnurrbarts konnte Sara seine Empörung erkennen. »Wer so etwas behauptet, muss es auch beweisen.«

»Die meisten von uns vermuten schon lange, dass ihr vom Stehlen lebt. Deshalb wär's gut, ihr könntet beweisen, dass ihr es nicht wart«, erklärte ihm der Gendarm und war fest davon überzeugt, im Recht zu sein. Der andere nickte zustimmend mit dem Kopf.

Inzwischen ballten sich drohende Wolkentürme über dem Wald zusammen. Ein Blitz zuckte zur Erde. Ihm folgte ein heftiger Donnerschlag. Der zweite Gendarm, der bisher nur zugehört hatte, blickte ängstlich zum Himmel. »Komm zur Sache, Sepp!«

»Also«, begann der mit Sepp Angeredete umständlich und stieg vom Wagen. »Um es kurz zu machen: Wir haben den Auftrag, zwei von einem Sohn des Leitenbauern näher beschriebene Kinder zu verhaften und ins Gefängnis nach Tölz zu bringen.« Er warf sich in die Brust vor lauter Wichtigkeit.

»Nein!«, schrie Maruschka empört. Doch das störte den Mann nicht weiter. »Beide Kinder wurden am Ufer der Jachen mehrmals gesehen«, fuhr er fort, »genau dort, wo Agnes, die Tochter des Bauern, immer die Gänse hütet. Einmal waren es drei Jungen und ein kleines Mädchen. Ein anderes Mal war das Mädchen allein. Der Sohn des Leitenbauern berichtete, dass das Kind begehrliche Blicke auf die Gänse geworfen habe.«

Als Sara das hörte, fuhr es ihr wie ein Stich ins Herz. Der Benedikt hatte das behauptet. Nie hätte sie das gedacht. Nie.

»Und wie sollen die Kinder ausgesehen haben?«, wollte der alte Janosch wissen.

»Einer der Buben ritt zusammen mit dem Mädchen ein braunes Pferd. Er soll etwa im gleichen Alter wie der Benedikt gewesen sein. Das Mädchen sei seiner Beschreibung nach ein paar Jahre jünger. Sie habe einen bunten, weiten und mehrmals geflickten Rock getragen. Sie hat den Jungen ›Branko‹ genannt und er hat ›Sara‹ zu ihr gesagt. Beide hatten dunkle Haut, so wie euere Kinder, und Haare so schwarz, wie nur der Teufel sie hat. Die beiden anderen Jungen passen nicht zu seiner Beschreibung.«

»Schwarze Haare haben alle Zigeunerkinder«, murrte der alte Janosch und zupfte wütend an seinem Schnurrbart.

Im selben Augenblick fielen die ersten Tropfen. Es begann zu regnen. Ein heftiger Wind fuhr durch die Kronen der Bäume, schüttelte die Äste und riss kleine Zweige zu Boden. Der Gendarm warf einen besorgten Blick auf seine blank geputzten Stiefel. Maruschka, Laila und Rosina schickten die Kinder in die Zelte.

»Los jetzt! Gebt uns die Diebe heraus. Wir haben noch einen weiten Weg vor uns.« Inzwischen war auch der zweite Gendarm vom Bock geklettert.

»Nie im Leben tun wir das!«, schrie Maruschka empört. »Dass die Kinder am Fluss waren, ist noch kein Beweis dafür, dass sie gestern Nacht eine Gans gestohlen haben!«

»Das muss der Richter entscheiden.«

Branko, der sich nicht in ein Zelt hatte schicken lassen, sondern hinter seinem Vater stehen geblieben war, sprang nach vorne. »Keiner von uns hat eine Gans von denen angerührt«, rief er wütend. »Dass die uns mit Steinen beworfen haben, dass Sara deshalb vom Pferd gefallen ist, haben sie nicht gesagt, oder? Und dabei hatte sie noch Glück, dass sie sich nichts getan hat.«

Der Gendarm, der mit so etwas nicht gerechnet hatte, wich erschrocken vor ihm zurück. Dann fasste er sich wieder. »Los, pack ihn!«, rief er seinem Begleiter zu.

Branko hatte sich zu weit vorgewagt. Die beiden Gendarmen griffen flink zu, und als er sich wehrte, zeigte sich, dass sie zu zweit viel stärker waren als er.

Als Laszlo, Mirko und Rocco ihm zu Hilfe kommen wollten, hielt sie der alte Janosch zurück. »Lasst sie! Ihr macht alles nur noch schlimmer. Es wird sich rasch herausstellen, dass das nur ein Irrtum sein kann und Branko unschuldig ist.«

Die Gendarmen banden Branko die Hände auf dem Rücken zusammen und hoben ihn auf den Wagen.

Inzwischen regnete und stürmte es immer stärker. Der Wind jagte den Regen in Böen vor sich her. Ein Blitz folgte dem anderen und der Donner dröhnte.

»Was ist mit dem Mädchen?«, fragte der zweite Beamte seinen Kameraden mit einem Blick auf den störrischen alten Mann, der immer noch seine inzwischen kalte Pfeife zwischen den Zähnen hielt.

»Die holen wir uns ein anderes Mal«, erklärte sein Kollege, weil er keine Lust hatte, noch während des Sturms das Lager zu durchsuchen. Sie stiegen wieder auf den Bock. Einer von ihnen nahm die Zügel in die

Hand. Nichts wünschten sie sich sehnlicher, als endlich weiterfahren zu können und ihren Auftrag zu einem Ende zu bringen.

»Auf geht's!«, rief der Kutscher den Pferden zu und schlug die Zügel auf ihren Rücken.

»Nein, nein!«, schrie Maruschka entrüstet. »Das dürft ihr nicht! Niemand darf meinen Branko mitnehmen!« Sie wollte hinter dem Wagen herrennen, der schon auf die Straße in Richtung Wegscheid einbog. Doch Laszlo hielt sie auf.

»Lass es gut sein, Frau«, sagte er. »Der Vater weiß, was er tut. Wir holen uns Branko morgen wieder. Sie dürfen ihn nicht behalten. Er ist unschuldig.«

Die Verhandlung

An diesem Abend zündete niemand Feuer an. Niemand holte die Geige heraus und Maruschka erzählte den Kindern auch keine Märchen. Sara weinte sich in den Schlaf. Die Erkenntnis, dass Agnes und Benedikt Branko und sie fälschlich des Diebstahls bezichtigt hatten, machte sie traurig.

Dem alten Janosch war das Stehen im Regen schlecht bekommen. In der Nacht plagte ihn die Gicht schlimmer denn je. Auch Kräuterumschläge halfen nichts. Trotz alledem beschlossen Maruschka und Laszlo, noch vor Sonnenaufgang das Lager fertig abzubrechen und abzureisen.

Am Morgen hingen die Wolken immer noch tief und verhüllten die Gipfel der Berge. Ab und zu regnete es. Die Nässe tropfte von den Bäumen auf den

Boden und auf die Zelte. Den alten Janosch quälte ein schlimmer Husten.

Maruschka hatte es besonders eilig. »Wir müssen Branko aus dem Gefängnis holen«, sagte sie zu Laszlo und band sich dabei die feuchten Haare im Nacken zusammen. »Der Großvater ist zu schwach, um einen Entschluss zu fassen.«

Laszlo besprach sich mit Mirko und Rocco und sie entschieden gemeinsam, sich in Richtung Isartal und Lenggries auf den Weg zu machen. Eilig brachen sie die Zelte ab und spannten die Pferde an.

Und als gegen Mittag die Gendarmen zum Lager zurückkehrten, um das Mädchen Sara festzunehmen, war der Platz leer. Die Zigeuner waren verschwunden.

In Wegscheid hatte es sich bereits herumgesprochen, dass die Gendarmen einen des Diebstahls verdächtigten Zigeunerjungen verhaftet hatten. Als die kleine Wagenkolonne durchs Dorf fuhr, war niemand auf der Straße zu sehen. Nur ein paar Hunde bellten vor den Häusern und hie und da lugte hinter einem Vorhang das Gesicht eines Bauern oder einer Bäuerin hervor.

In jener Zeit war das an der Isar gelegene Tölz ein wohlhabendes Städtchen. Seinen Reichtum verdankte es dem Handel mit Salz. Die wichtigsten

Bauwerke waren die Brücke über die Isar, die hoch über diesem Fluss liegende Kalvarienbergkirche, die Stadtpfarrkirche und die alten Häuser in der Marktstraße.

Vor noch nicht allzu langer Zeit hatte auch ein Schloss zu ihnen gehört. Doch das war vor einigen Jahren eingestürzt. Nur noch ein paar Mauerreste waren von ihm übrig geblieben.

Laszlo lenkte die Wagenkolonne direkt vor das Rathaus und erkundigte sich nach dem Gefängnis.

»Häftlinge werden in der Regel im Landgericht untergebracht«, war die Antwort. »Dann muss man sie nicht erst dorthin schaffen, wenn die Verhandlung beginnt.«

Damals befand sich das Landgericht in der oberen Marktstraße. Dort erhielt Laszlo die Auskunft, dass die Verhandlung gegen Branko und seine Schwester Sara erst in ein oder zwei Wochen stattfinden könne, weil der Amtsrichter mit allzu vielen Prozessen und Streitereien zu tun habe.

»Und wo können wir uns solange aufhalten?«, rief Mirko, dessen Geduld allmählich sehr strapaziert wurde.

»Ihr werdet schon einen Platz finden, wo ihr bleiben könnt«, antwortete der Mann unfreundlich.

Sie fanden ihn zwischen den Mauerresten des

ehemaligen Schlosses und machten überall bekannt, dass sie bereit waren, alte Kessel zu flicken und neue zu verkaufen, Messer und Scheren zu schleifen und andere Aufträge entgegenzunehmen. Manch einer schlug ihnen die Tür vor der Nase zu. Rocco musste sich viele hämische Bemerkungen wegen seiner langen Haare gefallen lassen. Doch das störte ihn nicht weiter. Nur Maruschka, Laila und Rosina hatten lebhaften Zulauf von den Frauen, die etwas über ihre Zukunft erfahren wollten. Und wenn niemand kam, hausierten sie mit Weidenkörben und Reisigbesen.

Tag für Tag ging einer der Männer zum Gericht und fragte, wann nun endlich die Verhandlung angesetzt sei. Besuchen durften sie Branko nicht.

»Mein armer, armer Junge«, jammerte Maruschka jedes Mal, wenn Laszlo, Mirko oder Rocco unverrichteter Dinge wieder zum Lager zurückkehrten.

Sara schwieg. Niemand, nicht einmal der Großvater, brachte sie zum Sprechen. Sie dachte darüber nach, was Agnes und Benedikt dazu veranlaßt haben könnte, zu behaupten, Branko und sie hätten begehrliche Blicke auf die Gänse geworfen. Sie verstand es nicht.

»Sara bleibt hier!«, ordnete Laszlo am Morgen an, als endlich der Tag der Verhandlung feststand. »Jemand muss auf den kranken Großvater aufpassen und wir wollen ja nicht, dass sie auch noch verhaftet wird.« Sara gehorchte widerstandslos.

An jenem Tag wurden zuerst ein Grenzstreit zwischen zwei Bauern, dann der Diebstahl einer Sau und ein Vergehen wegen Wilderei verhandelt. Dann wurde die Sache Bauer an der Leiten gegen Zigeuner aufgerufen.

Laszlo, Maruschka, Mirko, Laila, Rocco und Rosina zwängten sich auf die Zuschauerbank und daneben Juri, Julischka und Kolja. Die anderen Zuschauer rückten zur Seite, als ihnen der Geruch nach Knoblauch, Pferden und Holzkohlenfeuer in die Nasen stieg.

Branko wurde gefesselt hereingeführt. Er sah blass aus und warf seiner Familie einen sehnsuchtsvollen Blick zu. Erst als der Richter in seinem Talar den erhöhten Platz eingenommen hatte, durfte er sich setzen.

»Sache Leitenhofbauer, Wegscheid, als Kläger gegen Zigeuner als Beklagte wegen Diebstahls einer wertvollen Gans!«, rief der Gerichtsdiener in den Saal.

Es war gut, dass Sara im Lager geblieben war, denn

der stolze Bauer an der Leiten, der seine beste Sonntagstracht angelegt hatte, wurde nicht nur von seiner Frau, sondern auch von seinen Kindern Benedikt und Agnes begleitet. Der Benedikt in seiner bis zu den Knien reichenden ledernen Sonntagshose, den Wadenstrümpfen und dem Hut mit der Spielhahnfeder auf dem Kopf gab sich den Anschein, als berühre ihn die ganze Sache nicht. Doch die Agnes hing verschüchtert und ängstlich an der Hand der Mutter.

»Angeklagt sind Branko und Sara ... Wo ist das Mädchen?«, fragte der Richter.

»Das Mädchen war nicht auffindbar«, erklärte ihm der Gerichtsdiener. »Es soll noch ziemlich klein sein.«

»Gut, also Branko. Wie war doch der volle Name?«

»Branko Tsigane«, antwortete Branko. Dass *Tsigane* einfach nur *Zigeuner* bedeutet, brauchte der Richter nicht zu wissen.

»Alter?«

Branko zuckte mit den Schultern zum Zeichen, dass ihm das nicht bekannt war.

»Schätze, zwölf Jahre«, sagte der Richter zu seinem Schreiber nach einem prüfenden Blick auf Branko. Er trug eine Brille auf der Nase und am Kinn einen kleinen schon leicht ergrauten Spitzbart. »In der Anklageschrift steht, du und deine kleine Schwester Sara hätten aus dem Stall des Leitenbauern eine Gans gestohlen.«

»Das stimmt nicht«, sagte Branko mit fester Stimme, was den Bauern dazu veranlasste, von seinem Platz aufzuspringen und empört die Faust gegen ihn zu schütteln.

»Lügner!«

Der Richter ließ sich nicht aus der Ruhe bringen. »Also, was stimmt denn dann?«

»Meine Schwester Sara, meine Vettern Kolja und Juri und ich, wir sind mit den Pferden in die Schwemme geritten ...«

»Komm ein bisschen schneller zur Sache«, unterbrach ihn der Richter, weil er fürchtete, dass ihnen Branko eine langatmige Geschichte vortragen wollte. »Was hat die Schwemme mit der gestohlenen Gans zu tun?«

Doch Branko ließ sich nicht unterbrechen. »Wir reiten oft in die Schwemme, wenn wir in der Jachenau unser Lager aufschlagen«, fuhr er mit zittriger Stimme fort. »Das Wasser ist so sauber und der Flussgrund fest. Das mögen die Pferde. Als wir wieder einmal zum Fluss hinunterritten, begegneten wir zwei Kindern.« Er deutete auf Agnes und Benedikt. »Sie schrien uns an und warfen mit Steinen nach uns ...«

Im Gerichtssaal entstand lautes Gemurmel.

»Ruhe!«, rief der Richter. »Was geschah dann?«

»Ein Stein traf den Braunen, und weil der nicht gewöhnt ist, dass man ihn anschreit und mit Steinen nach ihm wirft, erschrak er. Er stieg und buckelte und Sara fiel ins Wasser. Nachdem sich der Braune wieder beruhigt hatte, bin ich zurückgeritten und hab sie geholt. Das war alles.«

»Und was war mit den Gänsen?«

»Die konnte ich nicht sehen. Es ging alles so schnell«, erklärte Branko. »Dass dieses Mädchen in letzter Zeit ihre Gänse gern flussaufwärts am Ufer der Jachen hütet, hab ich erst später erfahren.«

Wieder raunte es im Saal. Über Laszlos Nasenwurzel entstand eine steile Falte.

»Ruhe! Sonst lasse ich den Saal räumen!«, rief der Richter noch einmal und bimmelte mit der kleinen vor ihm stehenden Glocke. Dann fuhr er fort: »So kommen wir nicht weiter. Besser wär's, die Bäuerin erzählt uns, wann sie entdeckt hat, dass eine ihrer Gänse verschwunden ist!«

Die Leitenhofbäuerin erhob sich und trat vor den Richtertisch. Sie trug ein festliches Dirndlgewand und auf dem Kopf den schwarzen flachen Hut, den die Frauen in dieser Gegend gewöhnlich tragen. Die freundlichen Augen in ihrem runden rotbackigen

Gesicht blickten Hilfe suchend zu ihrem Mann hinüber.

»Also«, begann sie umständlich und musste sich räuspern. »Also, das war so. Meine Tochter hat mir das alles erst später erzählt.«

»Was hat sie erzählt?«, wollte der Richter wissen.

»Dass sie die Zigeunerkinder unten am Fluss getroffen hat.«

»Das wissen wir schon«, sagte der Richter ungeduldig. »Ich will wissen, was geschehen ist, nachdem Sie festgestellt haben, dass Ihnen eine Gans fehlt, und wie Sie darauf gekommen sind, dass die Zigeunerkinder sie gestohlen haben müssen.«

»Also«, begann die Frau von neuem und holte tief Luft. »Wie ich am Morgen die Gänse aus dem Stall lassen wollte, fehlte meine beste und fetteste Gans.«

»Und sonst ist die Tür während der Nacht immer zu?«

»Freilich«, jammerte die Frau.

»Wer sperrt die Gänse am Abend denn ein?«

»Das mach ich fast immer selbst.«

»Und wenn Sie mal nicht da sind?«

»Dann übernimmt das die Agnes.«

»So, Ihre Tochter Agnes«, sagte der Richter. »Dann wollen wir sie mal selbst befragen.«

Das Mädchen erschrak. »Meinen Sie mich?«, fragte sie den Richter, der ihr in seinem Talar großen Respekt einflößte. Aber als der Richter ihr freundlich zunickte, fasste sie sich ein Herz und stellte sich neben die Mutter.

»Du bist also Agnes, die Tochter vom Bauern an der Leiten«, stellte der Richter wohlwollend fest. Agnes nickte. »Wie alt bist du denn?«

»Acht Jahre.«

»Hm!« Der Richter blätterte eine Seite seiner Akten um. »Du bist also schon ein großes Mädchen. Nun erzähl uns einmal, was da an der Jachen geschehen ist!«

»Der Benedikt und ich haben gesehen, wie die Zigeunerkinder mit ihren Pferden in die Jachen hineingeritten sind. Und weil der Benedikt gefunden hat, dass der Fluss nur den Bewohnern der Jachenau und nicht den Zigeunern gehört, hat er sie mit einem Stein vertreiben wollen. Ich hab aber nur gerufen, dass sie weggehen sollen. Dass das Mädchen dabei ins Wasser gefallen ist, hat uns beiden Leid getan. Dann kam einer der Jungen zurück, das Mädchen hat ihn Branko genannt, und hat sie geholt.«

»Und was geschah weiter?«, wollte der Richter wissen, als Agnes schwieg.

»Am nächsten Tag bin ich wieder mit den Gänsen zur Jachen hinunter.«

»Und hast du das Mädchen noch einmal getroffen?«

»Ja, freilich.«

»Hast du ihr erzählt, dass bei euch eine Gans verschwunden ist und dass eure Mutter annahm, sie sei gestohlen worden?«

»Nein, das war ja erst nach meinem Geburtstag.«

»Worüber habt ihr denn geredet?«

»Na, darüber, wie man ein Orakel befragt, wenn man wissen will, was in der Zukunft geschieht.« Laut hörbar zog Agnes ihre Nase hoch.

»Wie man ein Orakel befragt?«, wollte der Richter in ungläubigem Staunen wissen. »Um was für ein Orakel handelt es sich denn da?« Er konnte sich ein Lächeln nicht verkneifen.

»Um das Gänseblümchen-Orakel«, antwortete ihm das kleine Mädchen todernst und schniefte abermals.

»Da seht ihr's!«, keifte die Bäuerin los. »Die Zigeuner verderben unsre Kinder. Was müssen sie ein Oktakel oder so einen Schmarren kennen lernen, wo doch der Herrgott allein unser Schicksal in der Hand hat?«

Abermals raunte das Publikum laut und Rosina flüsterte Maruschka zu, dass es doch noch gar nicht lange her war, dass die Leitenbäuerin sie auf dem

Markt darum gebeten hatte, ihr aus der Hand zu lesen, was die Zukunft ihr brächte.

»Ich bitte um Ruhe!«, schimpfte der Richter, bimmelte wieder mit seiner Glocke und fuhr dann zu Agnes gewandt fort: »Und was hat das Gänseblümchen-Orakel mit der gestohlenen Gans zu tun?«

»Nichts, nichts«, schluchzte Agnes da los.

»Und an jenem Abend, an dem die Gans verschwand, hast du die Gänse eingesperrt, weil deine Mutter gerade keine Zeit dazu hatte?«, wollte der Richter wissen und rückte sich seine Brille zurecht.

»Ja, aber ...« Wieder geriet Agnes ins Stocken.

»Was, aber?«

»Da waren noch alle Gänse da.« Jetzt schluchzte sie laut und es half auch nichts, dass ihr die Mutter ein Taschentuch reichte.

»Und ...?« Der Richter versuchte sie aufzumuntern.

»Ich ha-hab die Tür ganz fest zu-hugemacht.«

»So, so, da hat also jeder in den Stall hineingekonnt und sich eine Gans holen können.« Die Unruhe im Saal wurde stärker. »Und wie bist du darauf gekommen, dass die Zigeunerkinder die Gans gestohlen haben könnten?«

»Weil mein Va-Vater immer erklärt hat, dass a-alle Zigeuner stehlen.«

»Jetzt reicht's, Herr Richter!«, fuhr ihn die Leitenbäuerin böse an. »Wie können Sie das Kind mit Ihren Fragen so in die Enge treiben! Wer soll's denn sonst gewesen sein? Es ist doch allgemein bekannt, dass die Zigeuner stehlen wie die Raben, dass nichts vor ihnen sicher ist. Wenn irgendwo etwas fehlt, können Sie darauf wetten, dass sie es waren.«

»Das tu ich lieber nicht«, brummte der Richter und senkte den Blick auf die Akte.

Niemand bemerkte, dass Mirko die Hände in seinen Taschen zu Fäusten ballte. Und niemand hörte, wie Julischka ihre Mutter am Ärmel zupfte und ihr ins Ohr flüsterte: »Muss Branko jetzt im Gefängnis bleiben?« Woraufhin Laila sie tröstete: »Nein, nein, hab keine Angst, das lassen wir nicht zu.«

»Wer behauptet, dass ihm jemand etwas gestohlen hat, muss es auch beweisen können«, sagte der Richter gelassen. »Habt ihr den Jungen und seine Schwester dabei beobachtet, wie sie die Gans gestohlen haben? Habt ihr das Lager durchsucht und die Gans dort gefunden? Oder gibt es eine Spur von euerem Hof bis zum Lager der Zigeuner?«

»Aber wer soll sie denn sonst gestohlen haben?«, rief die Frau empört. »Sie ist doch nicht einfach nur davongeflogen!«

»Es gibt sicher auch noch andere Gänseliebhaber.

Wo Ihre Gans geblieben ist, können nur die Gendarmen herausfinden.«

Mit zornrotem Kopf zerrte die Leitenbäuerin ihre Tochter auf die Bank zurück und setzte sich wieder neben ihren Mann. »So sag doch auch was, Girgl!«, zischte sie ihn an. »Und hock nicht nur da wie ein Ochs!«

Doch der Bauer sagte kein Wort und sein Sohn Benedikt schwieg ebenfalls.

Das Urteil

Für den Amtsrichter war die Sache klar. Langsam und würdevoll erhob er sich, gab dem Publikum das Zeichen, sich ebenfalls zu erheben, und fuhr, als das geschehen war, mit seiner Rede fort: »Im Namen des Gesetzes spreche ich den Zigeunerjungen Branko Tsigane von der Schuld des Diebstahls einer Gans mangels Beweisen frei. Er ist unverzüglich von seinen Fesseln zu befreien. Die Kosten des Verfahrens trägt die Staatskasse.« Nach diesen Worten verließ er den Gerichtssaal, ohne auf das Gemurmel der Zuhörer zu achten.

»Bravo«, rief Maruschka und klatschte in die Hände, »bravo, bravo!« Sie fiel ihrem Sohn halb weinend und halb lachend in die Arme, nachdem ihm der Gerichtsdiener die Fesseln abgenommen hatte.

Die Leitenbäuerin jedoch rauschte empört dem Ausgang zu. »Und dass du mir in Zukunft mit dem Gänseblümchen-Spektakel aufhörst!«, zischte sie ihre Tochter Agnes an. »Mit Zukunftszauberei will ich nichts zu tun haben! So etwas bringt mir meine Gans auch nicht wieder.« Der Bauer, Benedikt und Agnes folgten ihr mit hochroten Köpfen.

Laszlo, Mirko und die anderen kehrten zufrieden über den Ausgang der Verhandlung mit Branko ins Lager zurück, wo sie von dem alten Janosch und Sara schon sehnsüchtig erwartet wurden.

An diesem Abend feierten sie alle ein großes Fest in den Mauerresten des alten Schlosses. Laszlo holte seine Geige heraus und spielte, während Maruschka, Laila und die anderen Frauen tanzten, dass die Röcke nur so flogen.

»Branko ist wieder bei uns!«, jubelten sie. »Branko, Branko, Branko!«

Die Musik zauberte ein Lächeln auf das Gesicht des Großvaters und alle hofften, dass er bald wieder ganz gesund werden möge.

Keiner von ihnen achtete auf Sara. Das Mädchen tanzte nicht mit. Sie hockte stumm ein wenig abseits und dachte nach. Nie, niemals hätte sie geglaubt, dass Agnes, die so freundlich zu ihr gewesen war, Branko und sie beschuldigen würde, gestohlen zu haben. Sie war abgrundtief enttäuscht und nahm sich vor, misstrauischer zu sein und in Zukunft nicht mehr alles zu glauben, was man ihr erzählte. Sie konnte tanzen, Märchen erzählen, kannte sich mit Kräutern aus und versuchte bereits unter der Anleitung ihrer Mutter oder einer ihrer Tanten den Leuten aus der Hand zu lesen. Was ihr noch fehlte, war Übung im Deuten der Karten und der Blick in die Zauberkugel, die die Mutter in einem Kästchen aufbewahrte wie ein kostbares Kleinod.

Auch Branko war auffallend still. Er hatte im Gefängnis genügend Zeit zum Nachdenken gehabt. Er war sich keiner Schuld bewusst und verstand nicht, warum man ihn mit einem Wilderer und einem Straßenräuber zusammen in eine Zelle gesteckt hatte. Das Einzige, das ihn zufrieden sein ließ, war, dass sie Sara nicht auch noch verhaftet hatten.

Brankos Gedanken drehten sich um Rache. Er wollte sich an der Leitenbäuerin und ihren Kindern rächen. Sie waren schuld an allem und er nahm sich vor, es sie büßen zu lassen. Doch er sagte niemandem etwas davon. Nicht einmal Juri, Kolja oder Julischka und vor allem Sara nicht, weil er nicht sicher war, ob sie nicht doch einem der anderen etwas davon erzählten. Besser war es, wenn er sein Vorhaben für sich behielt. Er hatte Zeit. Es würde mindestens ein Jahr dauern, bis sie wieder durch das Tal der Jachen kämen. In einem Jahr konnte viel geschehen. Ein Jahr war lang, unendlich lang. Dazwischen lagen der Rest des Sommers mit seinen heißen Tagen, der Herbst mit seinen bunten Bäumen und kalten Nächten und der Winter, den sie wie immer in der Puszta verbringen wollten. Erst im Frühling würden sie sich dann wieder auf den Weg machen. Bis sie von Tirol her durch das Tal der Jachen kämen und auf der Wiese ihr Lager aufschlügen, wäre der Schnee auf den Bergen schon wieder geschmolzen und das Hellgrün der Blätter an Bäumen und Büschen hätte sich schon längst wieder in das tiefe, satte Grün des Frühsommers verwandelt. Obwohl der alte Janosch sie oft bis tief ins Allgäu führte und ein anderes Mal in den Norden bis nach Nürnberg in Franken, blieb das Tal der Jachen doch ein fester Punkt, an dem sie einmal im Jahr ihr Lager aufschlugen. Erst dann wäre die Zeit für seine Rache gekommen. Bis dahin musste er warten. Dann wäre er auch stärker und größer und könnte es leicht mit dem Benedikt aufnehmen. Dann sollten Benedikt und Agnes sich in Acht nehmen vor ihm und mit ihnen vor allem ihre Mutter und nicht zuletzt auch ihr Vater, der so merkwürdig still und ohne auch nur ein einziges Mal aufzubegehren der ganzen Verhandlung gefolgt war.

Immer wenn Sara ihn fragte: »Was hast du? Warum sagst du nichts?«, schüttelte Branko nur den Kopf und erwiderte: »Nichts, nichts.« Und manchmal sagte er auch: »Ich mache mir Sorgen um Großvater. Es geht ihm nicht gut.« Doch das nahm ihm Sara nicht ab. Das war eine Ausrede.

Tatsächlich ging es dem alten Janosch für kurze Zeit besser. Trotzdem überließ er Laszlo und Maruschka allmählich die Führung der Sippe.

Unterwegs

In jenem Jahr folgten sie der Sonne nach Westen, besuchten das Allgäu und streiften am Ostrand des Schwarzwalds entlang. Je weiter sie sich von der Jachenau entfernten, desto rascher nahm Sara das alte Leben wieder auf. Sie tanzte, oft auch vor Publikum auf den Märkten, während Juri oder Branko sich von Rocco den Schlapphut ausliehen und mit ihm die Zuschauer um einige Münzen baten. Sie tanzte, dass ihre Röcke flogen und die Haare wie ein schwarzer Schleier um ihren Kopf wirbelten. Die Musik zwang sie dazu. Sie konnte nicht anders.

»Deine Tochter ist ein schönes Mädchen«, sagte Mirko einmal zu Laszlo und grinste dabei. »Du musst ihr bald einen Mann suchen.«

»Das hat noch Zeit. Es ist erst ihr achter Sommer.

Wir haben jetzt andere Sorgen!«, antwortete ihm Laszlo unwirsch und wandte sich ab.

Die anderen Sorgen betrafen seinen Vater. Dass sein Leben dem Ende zuging, erkannten alle, aber der Alte wollte nicht, dass sie Rücksicht auf ihn nahmen und länger an einem Platz blieben als sonst. Auch Maruschkas Wissen um die Heilkraft der Kräuter konnte ihm nicht mehr helfen. Er lag nur noch auf seinem Lager im Wagen und ließ sich von ihr umsorgen. Neben ihm lag seine Geige. Ab und zu strichen die zittrigen Finger über die Saiten. Dann lauschte er den leisen Klängen, die ihn an die Zeit erinnerten, als der Bogen ihr die alten Melodien entlockt hatte.

Sara leistete ihm oft Gesellschaft. Sie deckte ihn zu, wenn er fror, gab ihm seinen Hustensaft mit einem Löffel ein und erzählte ihm Geschichten, zum Beispiel die vom Zigeuner mit der Froschprinzessin oder die von den Königstöchtern im Drachenland. Manchmal erzählte sie ihm auch Schnurren, die sie den Männern am Lagerfeuer abgelauscht hatte. Saras schönster Lohn war es, wenn der Großvater lachte.

»Du bist ein gutes Kind, Sara«, sagte er einmal mit schwacher Stimme. »Eines Tages wirst du die *Puri-Dai* unserer Sippe sein.«

»Nein, wirklich!«, rief Sara erstaunt. Sie wusste, dass seit dem Tod der Großmutter Maruschka die Geschicke der Familie lenkte, weil der Großvater nur Söhne, aber keine Tochter bekam. Maruschka hielt die Zügel in der Hand und dabei halfen ihr natürlich der alte Janosch und ihr Mann Laszlo. »Die Mutter sagt nie, dass ich einmal eine *Puri-Dai* werde. Sie behauptet immer, ich würde eine *Tschochani*, eine weise Frau! Eine von denen, die nur alle hundert Jahre einmal auf die Welt kommen.«

»Das eine schließt das andere nicht aus«, sagte der Großvater müde und schloss die Augen zum Zeichen, dass er schlafen wollte.

Wenn Maruschka, Laila und Rosina nicht genügend Kunden fanden, die von ihnen etwas über ihre Zukunft wissen wollten, gingen sie hausieren. Sie klingelten an den Türen und boten den Hausfrauen gehäkelte Borten, gestrickte Wollstrümpfe, Reisigbesen oder Weidenkörbe an. Viele schlugen ihnen die Tür vor der Nase zu, einige sahen sich die angebotenen Dinge näher an, aber nur wenige kauften ihnen etwas ab.

Sie lagerten im Schatten alter Kastanienbäume, an Waldrändern, in den Ruinen einer Burg und am Rand großer Städte, blieben einmal hier ein paar

Nächte und dort eine Woche. Doch oft schickte ihnen ein Bürgermeister die Gendarmen auf den Hals, mit der Anordnung, sie könnten hier nicht bleiben und sollten unverzüglich weiterziehen.

»Der Sommer geht langsam zu Ende«, drängte Maruschka ihren Mann. »Wir müssen uns beeilen, wenn wir vor Einbruch des Winters die Puszta erreichen wollen. Dem alten Janosch geht's immer schlechter. Die Medizin kann ihm nicht mehr helfen. Dieser Sommer wird wohl sein letzter sein.«

Am nächsten Morgen trieben sie die Pferde zu größerer Eile an.

Sie zogen ein Stück an der Donau entlang, doch als sie ihnen zu viele Windungen machte, kürzten sie die Rückfahrt ab.

Irgendwo, vielleicht noch in Bayern, vielleicht aber auch schon in Österreich, mitten zwischen Wäldern und Hügeln, aber noch weit von den Bergen entfernt, auf denen bereits der erste Schnee gefallen war, und noch viel weiter von der Puszta, spürte der alte Janosch, dass es mit ihm zu Ende ging. Die schlechten Straßen und wochenlanger Regen verschlimmerten den Husten und die Schmerzen in seinen Gelenken. Er hatte keine Kraft mehr, ihnen zu widerstehen.

»Lasst mich hier liegen«, flüsterte er eines Abends

Maruschka zu. »Zieht ohne mich weiter! Ich will hier sterben.«

Sie lagerten am Rand eines Weinbergs in einer alten Burgruine. Die Mauern boten ihnen Schutz vor dem kalten Herbstwind.

»Kommt nicht infrage«, erklärte ihm die *Puri-Dai*. »Wir lassen dich hier nicht allein zurück.«

»Dann hilf mir aus dem Wagen«, bat sie der alte Janosch. »Ich will nicht im Wagen sterben. Ich brauche den Himmel über mir.«

Sie richteten ihm sein Lager so, dass er Mond und Sterne über sich sehen konnte, stellten eine Kerze an seinem Kopfende auf und setzten sich zu ihm. Der süße Geruch des Herbstes stieg ihnen in die Nasen. Es war der Duft nach vermodernden Blättern gemischt mit dem nach Pilzen und faulenden Trauben.

»Sara, mein Kind«, flüsterte der Alte heiser. »Gib mir noch einmal die Hand. Ich hab die Zauberkugel befragt. Du wirst als *Tschochani* kein leichtes Leben haben. Von weit her werden die Leute kommen, um deinen Rat einzuholen. Du wirst Kranke heilen und Sterbenden Trost spenden müssen und dabei darfst du nie vergessen, dass du eine Zigeunerin bist. Niemand darf dich beleidigen, falsch beschuldigen oder deinen Stolz verletzen. Du bist dazu ausersehen, eine weise Frau zu werden, aber wenn sie dich der Hexerei beschuldigen, musst du dich zur Wehr setzen. Dein Wissen ist uralt. Es wurde seit vielen hundert Jahren immer von der Mutter auf die Tochter übertragen. Es hat nichts mit Hexerei zu tun. Sie werden dir drohen, aber nichts tun, weil sie dich brauchen.« Und später flüsterte er noch: »Ich habe nur eine Bitte: Gebt mir die Geige mit ins Grab!«

Mit den letzten Worten war die Stimme des Alten immer leiser geworden. Sara spürte, wie seine Hand schlaffer wurde, schlaffer und leichter, und wie sie ihr entglitt. Die Augen waren starr auf den Himmel gerichtet, an dem der Mond als helle Scheibe eine große Schar von Sternen hütete. Da wussten sie, dass der alte Janosch gestorben war.

Die Frauen weinten und klagten die ganze Nacht. Mirko und Rocco schaufelten eine Grube und hoben ihn sanft hinein. Maruschka deckte ihn mit seiner Decke zu, damit er nicht frieren musste im Jenseits, und Laszlo gab ihm die Geige mit. Er legte sie ihm auf die Brust und faltete seine Hände darüber. Dann nahm Rocco seinen Hut ab. Er und die anderen stellten sich rund um das Grab und beteten still. Sie häuften große Steine auf seinen Grabhügel. Sara pflückte einen Strauß Wiesenblumen und steckte ihn zwischen die Steine. Maruschka stellte den Rest der Kerze daneben.

»Ich werd ihn vermissen«, schluchzte Sara. »Er wird mir fehlen. Wenn wir hier weggehen, können wir nicht einmal mehr sein Grab besuchen.«

»Wir können auch so an ihn denken«, versuchte Maruschka sie zu trösten. »Sein Grabstein ist der Mond und die Sterne am Himmel sind die Blumen, die das Grab schmücken. Überall dort, wo wir den Mond sehen, wird der Großvater sein.«

Danach bauten sie ihr Lager ab. Laszlo half Mirko beim Anschirren der Pferde. Die Jungen schlugen die Zelte ab und Rocco half den Frauen, alles auf den Wagen zu verstauen. Dann nahm Maruschka die Zügel in die Hand und sagte: »Hü, Brauner! Hü, Rappe!« Sie mussten sich beeilen, wenn sie noch vor dem Beginn der Winterstürme ihren Platz in der Puszta erreichen wollten.

Eine Kugel aus Bergkristall

In jenem Winter, in dem Sara dreimal drei Jahre alt wurde, der alte Janosch sie gerade erst verlassen hatte und Laszlo auf seiner Geige nur traurige Lieder spielte, weihte Maruschka ihre Tochter in das Geheimnis der Zauberkugel ein. Das bedeutete nicht, dass sie aufgehört hatte, sie in das Geheimnis der Karten einzuweisen oder ihr zu zeigen, wie sie die Linien in den Händen ihrer Kunden zu deuten hatte, wie sie ihr neben der Heilkraft der verschiedensten Pflanzen auch die der Pilze erklärte, sie wollte nur, dass Sara den Umgang mit ihrem kostbarsten Schatz, der Bergkristallkugel, lernte und das Wissen, was man alles in ihr erkennen konnte.

Eines Tages rief sie ihre Tochter zu sich in den Wagen.

»Setz dich zu mir!«, sagte sie. An einem Kienspan, den sie aus dem Lagerfeuer holte, zündete sie eine Kerze an. Danach ließ sie sich vor einer kleinen Kiste nieder, die ihnen als Tischchen diente. Die Kerze stellte sie vor sich. Sara musste ihr gegenüber Platz nehmen.

»Wir werden einen Blick in die Zauberkugel werfen«, begann Maruschka. »Aber nur einen kurzen, denn die Kugel könnte es uns übel nehmen, wenn wir sie dem Licht aussetzen, ohne eine ernsthafte Frage an sie zu stellen.«

»Wie kann uns eine Kristallkugel etwas übel nehmen?«, fragte Sara verwundert.

»Sie hüllt sich in Nebel und wir können nichts mehr in ihr erkennen.«

Sara sah Maruschka mit großen Augen zu, wie sie einen in ein wollenes Tuch eingeschlagenen rechteckigen Gegenstand auf den Tisch stellte. Es war ein schwarzes Lackkästchen, so fein bemalt, dass man glauben konnte, der Pinsel habe nur aus einem Haar bestanden. Sara erkannte einen Reiter auf einem Schimmel. Der Falke in seiner hoch erhobenen rechten Hand hatte die Flügel ausgebreitet, als sei er zum Abflug bereit, doch im Gegensatz zu dem Reiter bestand er nur aus einer Linie. Das gab ihm etwas Unwirkliches. Er war kaum mehr als ein Gedanke, der einem durch den Kopf schoss und gleich wieder verschwand. Der Reiter trug ein gelbes Gewand, blaue Hosen und Lederstiefel. Die rote Mütze auf seinem Kopf hatte einen Pelzrand. Der rote Umhang flatterte im Wind. Goldene Blumen erblühten unter den Hufen des Schimmels und eine goldene Sonne strahlte hell auf dem schwarzen Lackgrund. Ein feines Ornamentband schmückte die Ränder des Kästchens.

Die Mutter zog einen kleinen, an einer Schnur hängenden Schlüssel aus ihrem Hemd und schloss das Kästchen auf. Ein buntes, mit Blumen besticktes Tuch verbarg einen Gegenstand.

»Hol die Kugel heraus und leg sie vor dich! Aber achte darauf, dass sie bei dir bleibt!«, sagte Maruschka und Sara kam es so vor, als rede sie von einem lebendigen Wesen. Vorsichtig hob sie das Tuch mit seinem kostbaren Inhalt heraus, wickelte ihn aus und legte ihn vor sich. Der rund geschliffene Bergkristall rollte davon. Sara versuchte es immer wieder. Er wollte nicht bei ihr bleiben.

»Nimm dies!«, sagte die Mutter und zog sich einen Ring vom Finger.

Sara legte die Kugel auf den Ring. Da blieb sie bei ihr.

»Und jetzt sieh hinein und sag mir, was du in ihr erkennst!«

Zuerst sah Sara nichts, nur eine glasklare Kugel. Nach einer Weile entdeckte sie dort, wo der Kristall während seiner Entstehung dem Druck des ihn einschließenden Felsens ausgesetzt gewesen sein musste, ein Gewirr von feinen Linien und kuriosen Gebilden, die sich veränderten und verschoben, sobald man ihn drehte.

Das flackernde Kerzenlicht ließ alles lebendig erscheinen. Das alles kam ihr so unwirklich vor, wie der Falke, den der Reiter mit hoch erhobenem Arm über seinen Kopf hielt.

»Ich sehe flaches Land. In der Mitte steht ein Baum, dessen Äste sich biegen …«

»Und?«, wollte Maruschka wissen, griff selbst nach der Kugel und drehte sie ein Stück weiter.

»Oh!«, rief Sara. »Ein Fisch! Da kommt ein Fisch durch die Luft geflogen.« Und gleich darauf verbesserte sie sich: »Nein, kein Fisch, eine Fledermaus oder ein riesiger Vogel mit einem Geweih auf dem Kopf und einem Schwanz aus langen Federn. Er lässt sich auf einem Ast nieder.«

»Der Vogel Phönix. Er bedeutet Glück. Das musst du dir merken. Und weiter, was siehst du noch?«, drängte die Mutter Sara, weil sie zu sprechen aufhörte.

»Der Vogel öffnet den Schnabel. Er ruft etwas,

aber niemand kann ihn verstehen. Ich verstehe kein Wort.«

Wieder bewegte Maruschka die Kugel.

Da schrie Sara auf einmal auf: »Oh, der Baum fängt an zu brennen! Vogel, flieg weg! Flieg weg, sonst verbrennst du! Siehst du nicht, wie gefährlich das ist?« In ihrer Angst griff sie nach der Kugel und bewegte sie weiter. »Ah, Wasser! Eine Welle löscht das Feuer. Der Vogel ist weg. Von ihm ist nur noch ein Flügel zu sehen. Der Baum hat sich in ein Tier verwandelt. In was für eines, kann ich nicht erkennen, in eine Eidechse, eine Schlange, eine Kröte oder einen großen Schmetterling? Das Tier hat eine Haut aus Schuppen. Es könnte auch ein Drache sein. Ein großer, geflügelter Drache, aber ich habe keine Angst vor ihm. Nein, nein, Sara fürchtet sich nicht vor Drachen. Drachen kommen nur in Märchen vor. Er tut ihr nichts. Sara ist eine *Tschochani*. Sie kann ihn wegzaubern.«

»Eine *Tschochani* kann nicht zaubern, Sara«, wies Maruschka ihre Tochter zurecht und blies die Kerze aus. Um Sara herum versank alles im Dunkeln. »Sie kann nicht zaubern«, wiederholte sie. »Sie sieht es und sie weiß es. Wenn sie einen Feind bekämpfen möchte, kann sie es nur mit ihrem Wissen, nicht mit Zauberei. Ihr Wissen macht sie ihm überlegen. Daraus bezieht sie ihre Kraft.«

»Wie kann man das einem Feind erklären?«, fragte Sara sie.

»Das weiß ich nicht. Vielleicht wenn wir das nächste Mal die Kugel herausholen, vielleicht auch erst später, wenn du älter bist. Für heute ist es genug.«

Sorgfältig wickelte Maruschka die Kristallkugel wieder in das bestickte Tuch und legte sie in das Kästchen. Dann schloss sie es ab und hängte sich die Schnur mit dem Schlüssel wieder um den Hals. Das Kästchen umgab sie mit dem Wolltuch und verstaute es unter ihren Sachen.

»Beim nächsten Mal können wir sehen, wie es weitergeht. Der Drache ist ein gutes Zeichen. Ein ebenso gutes wie der Vogel Phönix.«

Damit musste sich Sara fürs Erste zufrieden geben.

Wieder in der Jachenau

Als Schwalben, Störche und Kraniche wieder nach Norden zogen und das warme Wetter das Gras wachsen ließ, beschlossen Maruschka und Laszlo zusammen mit den anderen, dass es auch für sie wieder an der Zeit war, ihr Winterlager in der Puszta abzubrechen, die Pferde anzuschirren und sich auf die Wanderschaft zu machen. Sie folgten den alten Zigeunerwegen, verkauften Pferde, Körbe, gehäkelte Deckchen, gute Ratschläge und Weissagungen so, wie sie es immer taten, wenn sie unterwegs waren. Oft wurde Maruschka zu Kranken gerufen, die sie um ihre Hilfe baten. Und sie half ihnen mit ihren Kräutern so gut es ihr möglich war. Bei diesen Gängen nahm sie Sara immer mit. Sie war jetzt alt genug, um ihr zur Hand zu gehen.

Der Frühling ging allmählich in den Sommer über und die Zigeuner näherten sich wieder dem Walchensee. Keinem, weder Laszlo noch Rocco, weder Kolja, Mirko noch Juri kam es in den Sinn, wegen des Vorfalls im vergangenen Jahr die Jachenau zu meiden. Branko schien die erlittene Schmach vergessen zu haben und die Frauen freuten sich schon auf ihren schönsten Lagerplatz: die Wiese in der Nähe des Kalten Wassers. Anfeindungen gab es überall. Branko hatte sich nichts zu Schulden kommen lassen. Es gab keinen Grund, einen Umweg zu machen.

Was niemand von ihnen wusste, war, dass sich das Geheimnis um die verschwundene Gans längst aufgeklärt hatte. Schon ein paar Tage nachdem Branko von dem Verdacht, die fetteste Gans des Leitenbauern gestohlen zu haben, mangels Beweisen freigesprochen worden war und die Zigeuner aus der Gegend verschwunden waren, stellte sich heraus, dass der Bauer höchstpersönlich seine eigene Gans aus dem Stall geholt hatte. Aber weil er sich vor dem Zorn seiner Frau fürchtete, hatte er es ihr nicht erzählt und sich bei Nacht und Nebel mit der Gans unterm Arm davongeschlichen.

Mirko erfuhr die ganze Geschichte als Erster, als er dem Wirt vom *Gasthof zur Post* ein Pferd verkaufte. Als er heimkam, erzählte er sie den anderen.

»Die Sache war so«, begann er grinsend. »Es ist ja bekannt, dass der Leitenbauer oft mit seinen Freunden im Wirtshaus Karten spielt. Schafkopf spielt er für sein Leben gern, auch wenn er häufig verliert. Ab und zu spielen die Bauern auch um die Wette. Diese Wettkämpfe werden Schafkopfrennen genannt. Dann stiftet einer der Teilnehmer ein Ferkel oder so etwas Ähnliches für den Sieger. An jenem Abend war der Leitenbauer an der Reihe, einen Preis zu stiften, und weil er gerade keine Ferkel im passenden Alter im Stall hatte und ihm eine ausgewachsene Sau zu schade dafür war, fand er, dass es auch eine fette Gans tun würde. Ihm war aber klar, dass seine Frau bestimmt nicht damit einverstanden wäre, wenn er sie um eine Gans bäte, und deshalb holte er sie sich am Abend heimlich selbst aus dem Stall und ließ zu, dass seine Frau Branko und Sara des Diebstahls beschuldigte. Er verheimlichte es ihr und verpflichtete auch seine Mitspieler den Mund zu halten, als Branko verhaftet wurde und die Gendarmen ihn ins Gefängnis steckten. Doch die Wahrheit kam trotzdem schnell ans Licht, als der Gewinner der Gans sich unter dem Einfluss von mehreren Gläsern Bier mit seinem Sieg zu brüsten begann. Als Letzte erfuhr die Leitenbäuerin, wer wirklich der Dieb gewesen war. Auf dem Hof an der

Leiten gab es einen lautstarken Ehekrach und im ganzen Tal großes Gelächter.«

Da lachten auch die Zigeuner. Nur Branko lachte nicht mit. Er fühlte sich in seinem Plan bestärkt. Es fiel ihm nur schwer, zu warten, bis Maruschka und Laszlo es wieder an der Zeit fanden, Abschied von der Jachenau zu nehmen, weil er das, was er vorhatte, nur am allerletzten Tag durchführen konnte.

Sara vermied es, ans Ufer der Jachen zu gehen, wenn sie die Mutter allein zum Kräutersammeln schickte. Sie hatte große Scheu, der Agnes mit ihren Gänsen zu begegnen, und den Benedikt wollte sie schon gar nicht wiedersehen.

Brankos Rache

In jenem Jahr regnete es wochenlang. Der Regen tropfte von den Bäumen auf Zelte und Wagenplanen. Kleine Vögel hockten frierend im Gestrüpp und schüttelten sich die Nässe aus dem Gefieder. Isar und Jachen führten mehr Wasser als sonst zu dieser Jahreszeit.

Die Märkte waren nur schlecht besucht. Niemand kam, um seine Scheren schleifen oder einen Kessel flicken zu lassen, und auch Rosina, Laila und Maruschka hatten keinen Erfolg beim Hausieren. Sie brachten so viele Körbe, Borten oder Socken wieder heim, wie sie mitgenommen hatten.

Einmal, an einem Tag, an dem die grauen Wolken besonders tief über dem Tal hingen, rief Maruschka Sara wieder zu sich in den Wagen. Sie stellte eine brennende Kerze auf das Tischchen in der Mitte und holte das Kästchen mit der Zauberkugel aus seinem Versteck. Dieses Mal reichte sie Sara den kleinen Schlüssel und Sara wickelte es selbst aus dem Wolltuch und schloss es auf. Sie legte die Kugel vor sich auf den Ring der Mutter und rückte die flackernde Kerze zurecht.

»Was siehst du?«, fragte Maruschka.

Sara studierte das Gefüge. »Es sieht aus wie ein Spinnennetz«, sagte sie nach einer Weile. »Fäden, überall Fäden. Kreuz und quer. Etwas zappelt darin.« Sie drehte die Kugel sanft hin und her. »Oh, es ist der Drache. Sie hat ihn gefangen.«

»Wer hat ihn gefangen?«, wollte Maruschka wissen.

»Die Spinne, die Spinne!«, rief Sara erschrocken. »Sie wird ihn töten! Wir müssen ihm helfen!«

Da blies die Mutter rasch die Kerze wieder aus. »Der Drache bedeutet Glück«, erklärte sie ihrer Tochter. »Die Spinne ist das Böse. Wenn sie ihn besiegt, bedeutet es, dass uns Unglück bevorsteht. Wir werden beim nächsten Mal sehen, wie der Kampf ausgegangen ist.«

»Was geschieht, wenn der Drache siegt?«

»Dann wird es uns gut gehen. Dann wird das Wetter besser. Wir werden unsere Waren gut verkaufen.

Viele Frauen wollen sich von uns aus der Hand lesen lassen und werden gut dafür bezahlen und die Männer werden alle Hände voll zu tun haben mit dem Schleifen der Messer und dem Flicken vieler Kupferkessel.«

In der Nacht bevor sie ihren Weg fortsetzen wollten, wälzte Branko sich lange auf seinem Lager hin und her. Wieder und wieder dachte er über seinen Plan nach, dem Bauern an der Leiten eins auszuwischen. Immer noch hatte er niemandem etwas davon erzählt. Nicht einmal Sara, mit der er sonst alles teilte. Schließlich war er es gewesen, der einige Zeit im Gefängnis gesessen hatte, nicht sie. Er hatte die Nächte mit einem Wilderer und einem Straßenräuber verbringen müssen, hatte bei den Verhören geweint wie ein Mädchen und war doch unschuldig gewesen. Nichts hatte man ihm beweisen können. Wenn er schon dafür hatte büßen müssen, wollte er sich jetzt dafür entschädigen. Er wollte keine Gans stehlen, wohin sollte er mit ihr? Seine Mutter, die *Puri-Dai* der Sippe, würde von ihm vielleicht verlangen, dass er sie ihrem Besitzer zurückbrächte. Nein, keine Gans, aber etwas anderes, Wertvolleres sollte es sein. Etwas, das er später, weit weg von hier, teuer verkaufen könnte.

Mit diesen und ähnlichen Überlegungen schlich

er sich noch vor Sonnenaufgang hinunter zur Jachen und durchs Wasser ans andere Ufer, dann über einen schmalen Pfad ein Stück flussabwärts, bis er den vor einem bewaldeten Hang liegenden Hof erreichte, von dem dieser seinen Namen hatte. Es war noch dunkel. Der Weg war glitschig vom Regen und er stolperte oft. Doch die Aussicht auf eine gute Beute, von der er noch nicht wusste, wie sie aussah, ließ ihn die Mühe vergessen.

Das sich lang hinstreckende Haus mit dem daran anschließenden Stall, den blumengeschmückten Balkonen und den Nebengebäuden breitete sich behäbig auf einer Wiese aus wie das Schloss eines Königs. Von der erhöhten Einfahrt zur Tenne aus waren die Berge ringsum zu sehen und das Tal, durch das sich die Jachen wand. Doch Branko hatte nichts übrig für die schöne Umgebung.

Aus dem Schornstein des kleinen Backhauses drang Rauch. Es war Backtag. Die Bäuerin war in der Küche mit dem Kneten des Teigs beschäftigt. Branko konnte sie durch das offene Fenster sehen.

Branko schlich vorsichtig im Obstgarten von Stamm zu Stamm, duckte sich hinter die Johannisbeersträucher und wartete auf eine günstige Gelegenheit, näher ans Haus zu gelangen. Er verharrte, bis er eine der Mägde zum Schuppen gehen sah, um

Brennholz zu holen, horchte auf die Geräusche, die aus dem Stall drangen, das Muhen der Kühe und Grunzen der Schweine, das Schnattern der Gänse, die darauf warteten, herausgelassen zu werden, und das entrüstete Gackern der Hennen, die sich schon in aller Frühe mit einigen Krähen um die Körner im Hof zankten.

Aus dem Stall erklang das Klappern von Melkeimern. Am Backtag musste der Bauer die Kühe füttern. Seine Frau hatte zu viel anderes zu tun.

Mit der Zeit wurde es der Bäuerin zu warm. Sie wischte sich mit der Schürze den Schweiß vom Gesicht und betrachtete missmutig ihre Hände, die voller Teig waren. Gut, dass sie ihren dicken goldenen Ehering ausgezogen und auf dem Brett vor dem Küchenfenster abgelegt hatte. So drückte er sie nicht und blieb sauber.

Inzwischen war Branko bis unter das offene Fenster gelangt, ohne dass er entdeckt worden war. Die Krähen kreischten im Hühnerhof. Der Bauer beschimpfte den Knecht auf der Tenne. Als Agnes und Benedikt in die Küche kamen, um sich von der Mutter zu verabschieden, bevor sie sich auf den Weg in die Schule machten, war die Bäuerin kurz abgelenkt. Das war die Gelegenheit, auf die Branko gewartet hatte. Niemand außer der Katze bemerkte die braune Jungenhand, die blitzschnell den Ring ergriff und wieder verschwand. Branko steckte den Ring in die Hosentasche und machte sich auf den Rückweg, während der Bauer von der Tenne herunterpolterte und seiner Frau zurief, sie solle ihm eine Maß Bier herrichten. Er habe Durst.

Branko verhielt sich still, bis die beiden Kinder auf ihrem Weg in die Schule seinen Blicken entschwanden. Er sprang mit wenigen Sätzen zum Misthaufen und von dort hinter den Holzschuppen, wo er wartete, bis die Luft wieder ganz rein war und er, ohne entdeckt zu werden, zum nahen Wald laufen konnte.

Tief befriedigt über seinen Erfolg kehrte er zum Lager zurück und half, als ob nichts geschehen wäre, Kolja und Juri beim Anspannen der Pferde. Alle hatten sich Säcke über die Köpfe gestülpt, weil es wieder zu regnen begann, und niemandem, nicht einmal Sara, war aufgefallen, dass Branko eine Weile fort gewesen war.

Doch beim Bauern an der Leiten gab es ein großes Gezeter, als die Bäuerin das Fehlen ihres Eherings bemerkte. Ihr erster Gedanke war, dass die Zigeuner ihn gestohlen hätten. Laut wagte sie diesen Verdacht nicht zu äußern. Noch einmal wollte sie nicht zum Gespött des ganzen Tales werden wie damals,

als bekannt geworden war, dass der Bauer selbst die Gans aus dem Stall geholt hatte. Sie besprach sich mit ihrer Magd Lene.

»Es könnte auch eine Krähe oder eine Elster gewesen sein«, überlegte sie. »Diese Vögel stehlen alles, was glänzt.«

»Elstern gibt es nicht mehr viele hier, nachdem der Bauer auf Eueren Wunsch hin die meisten umgebracht hat.«

»Ach ja.« Die Bäuerin nickte. Jetzt erinnerte sie sich. Schon vor Jahren hatte sie zu ihrem Mann gesagt: »Elstern sind Unglücksvögel. Dort, wo sie auftauchen, gibt's eine schlechte Ernte. Du musst sie verjagen!« Und der Bauer hatte sie so lange mit allen Mitteln gejagt, die ihm eingefallen waren, bis sich kaum mehr eine in der Nähe des Hofes blicken ließ.

»Aber Krähen sind genauso schlimm«, meinte die Magd.

Und dabei blieb es dann auch. Die Bäuerin erklärte ihrem Mann, sie habe ihren Ring bei der Arbeit verloren, und deshalb musste er ihr, ob er wollte oder nicht, einen neuen kaufen. Dass diesem neuen Ring die Weihe des Pfarrers fehlte, war ihr ganz gleich. Das konnte ihm niemand ansehen. Ohne einen Ring am Finger würde sie, die Leitenbäuerin, am Sonntag jedenfalls nicht in die Kirche gehen.

Über Berg und Tal

In strömendem Regen zog die Zigeunersippe weiter. Den Kindern verging die Lust, neben den Wagen herzulaufen. Alle drängten sich unter den Planen zusammen. Sogar die Hunde suchten zwischen den Rädern Schutz.

Brankos wild klopfendes Herz beruhigte sich mit jeder Meile, die sie sich von der Jachenau entfernten. Sie verringerte seine Angst, dass sie eingeholt würden. Wenn er in seine Tasche griff und den Ring zwischen seinen Fingern spürte, stieg eine Welle von Stolz in ihm hoch. Die Rache war gelungen. Der Ring war wertvoller als eine Gans, auch wenn sie noch so fett gewesen war. Der Erfolg hatte ihn auf den Gedanken gebracht, dass man sich auf diese Weise viel einfacher Geld beschaffen konnte als durch Arbeit, und er überlegte, unter günstigen Umständen wieder einmal etwas zu stehlen. Verkaufen konnte man wertvolle Dinge immer. Es gab genügend Händler auf den Märkten, die nicht lange danach fragten, woher die angebotenen Sachen stammten. Kessel flicken, Messer schleifen oder Körbe flechten war mühsam und eine schmutzige Arbeit. Da war es viel einfacher, den Leuten in die Taschen zu langen und ihre Geldbeutel herauszuholen. Man durfte sich bloß nicht erwischen lassen. Nein, das durfte man nicht, und deshalb war es besser, wenn er sein Vorhaben für sich behielt.

Mit der Zeit bekam er Übung im Stehlen. Am günstigsten waren große und gut besuchte Märkte. Dort drängten sich die Menschen vor den Marktständen und er brauchte nur einmal hier und einmal dorthin zu langen. Einmal griff er in den Einkaufskorb einer Hausfrau, ein anderes Mal stahl er einem Händler das Geld, das dieser nur schnell zur Seite gelegt hatte, um die verkaufte Ware einzupacken. Und wenn Laszlo und Maruschka von ihm wissen wollten, warum er ihnen nicht mehr so oft zur Hand ging, behauptete er, er habe mal hier einem Bauern das Pferd gehalten und dort einem Händler geholfen, schwere Kartoffelsäcke auf die Waage zu heben, und wenn es nichts zu tun gab, habe er nur so herumgestanden und traurig geschaut, woraufhin ihm manchmal auch jemand aus Mitleid eine Münze geschenkt habe.

Sara drängte die Mutter, wieder einmal in die Zauberkugel schauen zu dürfen. An einem besonders trüben Tag gab Maruschka ihrer Bitte nach. Sie holte das kleine Kästchen heraus, stellte es auf den Tisch und reichte Sara den Schlüssel. Sara schloss auf und legte die Kugel auf den Ring neben die brennende Kerze.

Zuerst sah sie gar nichts, keine Fäden, kein Spinnennetz, keine Spinne und keinen Drachen. Alles war stockdunkel. Die Kugel verschloss sich ihr und blieb undurchsichtig. Sara hätte nicht gewusst, wohin sie greifen sollte, um sie ein wenig hin und her zu bewegen, wenn sich das Licht der Kerze nicht in ihrer Oberfläche verfangen hätte.

»Was ist los?«, jammerte sie. »Ich sehe nur Finsternis.«

»Finsternis kann man nicht sehen«, mahnte sie Maruschka. »Du musst Geduld haben.«

Und wirklich, Sara seufzte erleichtert auf, als es im Inneren des Kristalls zu dämmern begann. Es kam ihr vor, als ob sich zuerst ein kleines Fenster öffnete. Es wurde langsam immer größer und füllte bald die ganze Kugel aus. Der Kristall begann zu leuchten, wie wenn sein Inneres mit Raureif überzogen wäre. Dann erschienen wieder die Fäden der Spinne, kreuz und quer und sehr bedrohlich. Die Spinne lag auf der Lauer. Auf einmal kam der Vogel geflogen.

»Pass auf!«, schrie Sara. Doch da hatte sich der Vogel schon im Netz verfangen. Erschreckt flatterte er hin und her und zerriss ein paar Fäden. Immer wenn er einen zerrissen hatte, wuchsen zwei oder drei nach.

»Hilf ihm, Mutter!«, schluchzte Sara. »So hilf ihm doch!«

Aber Maruschka antwortete ihr nicht. Immer müder wurden die Flügel, immer müder. Die Spinne wickelte ihr Opfer in ein dichter werdendes Gewirr aus Fäden. Der Vogel gab auf. Dann brach auf einmal die Dämmerung wieder herein und das Innere des Kristalls versank in Finsternis.

»Was hat das zu bedeuten? Ist er jetzt tot?« Mit tränenüberströmtem Gesicht blickte Sara ihre Mutter an. Maruschka schien zu schlafen. Sie hockte mit geschlossenen Augen da. Nur ihre Lippen bewegten sich ein wenig, so als ob sie sprechen wollte, als ob sie Worte zu formen versuchte, aber Sara verstand sie nicht.

Es dauerte lange, bis sich die Starre der *Puri-Dai*

wieder löste, bis sie ihre Augen öffnete und ihre Tochter ansah.

»Einer von uns ist in Gefahr«, murmelte sie mit schwerer Zunge.

»Aber niemand ist krank«, gab ihr Sara zu bedenken. »Weder du noch der Vater, weder Julischka, Juri, Kolja oder Branko.«

»Du hast Recht«, flüsterte Maruschka. »Es besteht keine Gefahr für Brankos Leben, aber eine, die seine Gedanken auf Abwege bringen könnte. Das ist fast noch schlimmer.«

»Wie kann jemand in Gedanken einen falschen Weg einschlagen, wenn wir alle bei ihm sind?«

»Das ist trotzdem möglich«, sagte die Mutter leise. »Wir wissen es bloß nicht.«

Milosch

Im Jahr darauf vervollkommnete Branko seine Fähigkeiten als Taschendieb. Er dachte sich Ablenkungsmöglichkeiten aus und faule Ausreden, falls er verdächtigt werden sollte.

Einmal erwischte ihn Kolja dabei, wie er einem Mann den Geldbeutel aus der Tasche zog.

»He, was machst du da?«, fragte er ihn.

»Das geht dich nichts an«, erwiderte Branko angriffslustig. »Ich hätt ihm den Beutel gleich wieder gegeben und behauptet, dass er ihm von selbst aus der Tasche gerutscht wäre.«

Verzeihung, Sie haben gerade was verloren, war einer seiner berühmten Sätze, wenn man ihn mit einer Silbermünze in der Hand erwischte, und manchmal erhielt er sogar noch einen Finderlohn dafür. Doch mit der Zeit stahl er immer besser und so, dass es der Bestohlene nicht merkte.

Nur seine Mutter, die *Puri-Dai* der Familie, betrachtete ihn oft mit Sorge. Sie besprach sich mit Laszlo.

»Mit Branko ist etwas nicht in Ordnung. Unsere Arbeit interessiert ihn nicht mehr. Er versteht nur wenig vom Pferdehandel, schläft morgens länger als alle anderen und hat doch das meiste Geld in der Tasche. Das geht nicht mit rechten Dingen zu.«

Weder Laszlo noch Maruschka wussten, was man dagegen tun könnte.

In jenem Jahr kamen die Zigeuner nicht durch die Jachenau, was Sara sehr bedauerte. Ihr Weg führte sie mehr nach Norden über Regensburg und den Bayerischen Wald bis nach Böhmen hinein. Wild war es dort und wunderschön. Manchmal freuten sich die Menschen sogar, wenn sie ihr Lager in der Nähe ihres Dorfes aufschlugen. Sie luden Laszlo, Mirko und Rocco ins Wirtshaus ein, damit sie zum Tanz aufspielten, und wenn Maruschka es erlaubte, dann durfte Sara sie begleiten.

Die anderen Kinder blieben im Lager zurück. Sie baten und bettelten so lange, bis Rosina oder Laila ihnen ein Märchen erzählte. Das Geschäft mit den

Körben ging gut. In dieser Gegend waren lange keine Zigeuner gewesen. Daher war die Nachfrage der Frauen groß, wie es um ihre Zukunft bestellt sei.

Wenn sie durch Dörfer kamen, in denen Kinder auf der Straße spielten, erinnerte sich Sara an Agnes und Benedikt. Die Unterhaltung mit Agnes am Ufer der Jachen war für sie eine Begegnung mit einem Geschöpf aus einer anderen Welt gewesen. Sie hatte Agnes beigebracht, wie man das Gänseblümchen-Orakel befragt, und Agnes hatte ihr von ihrer Patentante erzählt. Auch Benedikt sah sie genau vor sich, wie der Wind seinen roten Schopf zerzauste und wie seine hellen Augen zu blitzen begannen, wenn er wütend wurde. Sie erinnerte sich an die Gänse mit ihren klugen Augen, die so gern im Fluss badeten. Doch als ihr die Gänse wieder einfielen, erinnerte sie sich auch daran, dass Agnes und Benedikt sie schändlich verraten hatten. Sie hatten sie beschuldigt, gestohlen zu haben, und die Gendarmen hatten Branko ins Gefängnis gesteckt.

Wenn sie ihrer Mutter nicht zur Hand gehen musste, spielte sie mit Juri und Julischka im Wald oder streunte mit den Hunden durch die Gegend. Kolja musste seiner Mutter helfen, denn Rosina erwartete wieder ein Baby und deshalb fiel ihr das Bücken schwer.

Als sie eines Tages ihren Platz vor den Toren einer kleinen Stadt von einer anderen Zigeunerfamilie besetzt fanden, freuten sich alle über die Abwechslung. Es kam nicht oft vor, dass Laszlo, Maruschka und ihre Familie ihr Lager neben den Zelten einer anderen Sippe aufschlugen. Die Welt war groß. Sie hatte genug Platz für alle Zigeuner.

Es gab viele Neuigkeiten auszutauschen, denn sie kannten sich und hatten vor einigen Jahren einmal nebeneinander in der Puszta gelagert und dort überwintert.

Das Treffen war ein Grund zu feiern. Sie erhandelten bei einem Bauern einen fetten Hammel und ein Fässchen Bier. Sara sammelte mit den anderen Kindern einen großen Haufen trockener Äste fürs Lagerfeuer. Laszlo und Rocco wechselten sich darin ab, den Hammel viele Stunden lang am Spieß über der Glut zu drehen, bis er gar wurde.

Raissa hieß die *Puri-Dai* der anderen Sippe. Sie war eine große und starke Frau, der, wenn sie etwas befahl, niemand zu widersprechen wagte. Ihr Mann hieß Andris und ihr ältester Sohn Milosch. Er war etwas älter als Sara, aber kleiner als sie, hatte ebenso dunkle Haare und eine lustige Stupsnase im Gesicht. Auf dem Kopf trug er eine rote Kappe, was ihm ein pilzähnliches Aussehen verlieh. Kolja gab ihm den

Spitznamen Rotkäppchen, über den Milosch sich gar nicht freute.

Als von dem Hammel nur noch die Knochen übrig waren, das Bier seine Wirkung tat und Juri die Glut mit einigen Ästen zum Auflodern brachte, holten die Männer ihre Geigen heraus und stimmten die Saiten. Laszlo begann und die anderen fielen ein. Es war das erste Mal seit dem Tod des alten Janosch, dass ihre Geigen wieder fröhlich klangen, dass sie jauchzten und jubilierten und die Frauen zum Tanzen aufforderten. Niemand konnte ihnen lange widerstehen. Alle sprangen und tanzten ums Feuer und ihre Schatten tanzten mit ihnen um sie herum.

Am wildesten tanzte Sara. Sie hüpfte und drehte sich, dass ihr Rock nur so flog und die offenen Haare wie ein schwarzer Schleier um sie schwangen. Es war, als zerre ein Sturm an ihnen. Sie wirkten wie die Flügel eines großen Vogels und Milosch bekam Angst, der Wind würde sie mit sich reißen und sie würde davonfliegen. Dabei blitzten ihre Augen und sie schnalzte mit den Fingern, während alle in die Hände klatschten und sie immer noch mehr anzufeuern versuchten.

Mit all ihren Sinnen sog Sara die Töne in sich ein und verwandelte sie in Bewegung. Bald kam es ihr so vor, als sei sie selbst die Melodie, herrsche über die Geigen und sage ihnen, was sie spielen sollten. Dass ein Mädchen, das gerade mal zehn Sommer alt war, so gut tanzen konnte, war für alle ein kleines Wunder.

»Hei, hei, hei!«, schrie sie. »Hei, hei, hei!«

Niemand sah die bewundernden Blicke, mit denen der junge Milosch ihren Auftritt verfolgte. Kein Mädchen aus seiner Sippe konnte so tanzen wie Sara. Keine war so hübsch wie sie und keine kannte sich so gut mit den Heilpflanzen aus, konnte den Menschen aus der Hand lesen und ihnen die Zukunft aus ihren Karten weissagen.

»Sagst du mir auch mal, was mir die Zukunft bringt?«, fragte Milosch sie am Tag ihres Aufbruchs, während er ihr dabei half, die Pferde anzuschirren.

»Was will ein Rotkäppchen wie du schon über seine Zukunft wissen? Es wird, wie jeder Zigeuner, oft Hunger haben und nur selten satt werden, wird Kessel flicken, Körbe flechten oder Besen binden und stets unterwegs sein – immerzu, ein Leben lang!«, sagte sie schnippisch und lachte.

Worauf sie der gekränkte Milosch wütend anfuhr: »Du hast es nötig, so klug daherzureden! Dabei tätest du besser daran, dich um die Zukunft deines Bruders zu sorgen.«

»Was soll das heißen?«, fragte Sara erschrocken und ließ die Zügel los, die sie gerade durch die Ringe des Brustgeschirrs ziehen wollte. »Was weißt du von Branko?«

Doch da war der Milosch schon weggerannt.

Winterlager

Raissa und Andris hatten mit Laszlo und Maruschka ausgemacht, dass ihre Familien im Winter gemeinsam in der Puszta lagerten. Deshalb fiel allen der Abschied nicht allzu schwer. Raissa und Andris zogen weiter nach Norden. Maruschka und ihre Familie wollten nach Süden bis an die Donau und von dort dann weiter nach Ungarn.

Der Herbst wurde trübe und regnerisch und die Geschäfte gingen schlecht. Laszlo hatte kein Pferd mehr, das er verkaufen konnte, und wenn die Frauen mit ihren Körben, ihren Spitzendeckchen und gestrickten Socken hausieren gingen, schlug man ihnen öfter als sonst die Tür vor der Nase zu. Die Wege waren schlecht und die Pferde hatten viel zu tun, um die schweren Wagen durch den Matsch zu ziehen. Auch die Planen hielten der ständigen Nässe nicht mehr stand. Die Kinder froren und bekamen Schnupfen. Besonders schwer hatte es Rosina, die Frau von Rocco. Das Holpern und Stoßen des Wagens auf schlechten Straßen schien dem Kind in ihrem Bauch nicht zu gefallen. Es boxte und trat und kündigte an, dass es bald hinauswollte.

Wenn Laszlo sein Gespann anhielt und mit Mirko und Rocco beschloss, dass sie die Nacht hier verbringen würden, schickte Maruschka die Kinder in den Wald und über die Wiesen, um Pilze zu suchen. Sie sammelten Wiesenkerbel oder Löwenzahnblätter, aus denen Laila für alle eine dünne Gemüsesuppe kochte. Am Waldrand fanden sie manchmal auch Himbeeren oder ein Vogelnest, aber die meisten Vögel hatten ihre Brut längst aufgezogen und deshalb waren die Nester leer.

Branko und Kolja jagten Eichhörnchen mit ihren Steinschleudern, weil sie Hunger auf Fleisch hatten, aber die flinken Tiere huschten laut keckernd einen Stamm hinauf und verschwanden im Gewirr der Zweige.

Sie sammelten alles, was ihnen essbar erschien, doch es reichte nie, um satt zu werden. Dann musste die *Puri-Dai* sie zum Betteln schicken. Sie ließen sich auf den Treppenstufen einer Kirche oder eines

Brunnens nieder, streckten ihre Hände aus und sahen die Menschen mit großen bittenden Augen an.

Manchmal lieh Rocco ihnen auch seinen Schlapphut. Dann zeigten Juri und Kolja kleine Kunststücke, einen Handstand oder einen Salto, während Sara und Julischka mit dem Hut herumgingen und die Zuschauer um einige Münzen baten.

Wenn es eine Bitte gab, die Sara ihrer Mutter nur ungern erfüllte, dann war es die, betteln zu gehen.

Lange grübelte sie über die dunklen Andeutungen Miloschs nach. Sie hatte keine Ahnung, was er damit gemeint hatte. Auch fiel ihr wieder auf, wie sehr sich Branko verändert hatte. Aber sie fand keine Erklärung dafür. Wenn alle einen Markt besuchten, dann verschwand er oft für längere Zeit und kam erst wieder, wenn es Zeit war, zum Lager zurückzukehren. Er sprach niemals über das, was er machte, hatte aber immer einen köstlichen Apfel oder ein paar Semmeln in der Tasche, von denen er ihr etwas abgab. Wenn sie ihn fragte, hatte er eine Ausrede oder wendete sich einfach ab, ohne ihre Frage zu beantworten.

Alle waren froh, als sie endlich die Puszta vor sich liegen sahen. Sie erreichten den alten Schafstall ein paar Tage vor Andris und Raissa und schlugen ihr Lager auf. Sara half ihrer Mutter beim Aufstellen der

Zelte. Sie schöpfte zusammen mit Julischka Wasser aus dem großen Ziehbrunnen und schichtete das Holz auf, das sie unterwegs aufgesammelt und mitgenommen hatten. Zum Dank schlug ihr Maruschka vor, wieder einmal die Zauberkugel zu betrachten. Da erzählte ihr Sara, was Milosch über Branko gesagt hatte.

»Hast du eine Ahnung, was er damit gemeint haben könnte?«, beendete sie ihren Bericht.

»Das können wir die Kugel fragen«, erwiderte die Mutter und dabei stieg eine böse Ahnung in ihr hoch. Sie holte das Kästchen aus seinem Versteck und schloss es auf, während Sara die Kerze anzündete.

Dieses Mal war alles anders als sonst. Lange blieb es in der Kugel dunkel. Sara erkannte nur ihr Spiegelbild auf der blanken Oberfläche. Sie starrte sich selbst entgegen. Unordentliche schwarze Locken umkränzten ihr Gesicht. Der Mund war ein bisschen geöffnet, was so aussah, als ob sie eine Frage stellen wollte.

»Was ist mit Branko los?«, fragten ihre Lippen. »Er hat sich so verändert.«

Und plötzlich verwandelte sich ihr Bild in das von Branko, der sie lange und traurig ansah. Dann liefen Sprünge und Risse über sein Antlitz. Sara erinnerten sie an ein altes Ölbild, das sie einmal in einer Kirche gesehen hatte, und ein bisschen auch an einen Teller, den sie einmal fallen gelassen hatte und der in viele kleine Stücke zersprungen war. Immer dichter wurde das Netz, immer dichter, und aus Brankos Augen rannen Tränen. Sein Mund öffnete sich zu einem lautlosen Hilfeschrei, doch es war zu spät. Die Spinne hatte ihn gefangen. Sie wickelte ihn in ihr Netz, wie sie es mit Fliegen tat. Bald konnte ihn Sara nicht mehr hinter den Fäden erkennen, bald war er nur noch ein Kokon aus Spinnenfäden.

»Was soll das?«, schluchzte Sara verzweifelt. »Was geschieht mit ihm? Können wir nichts für ihn tun?«

Maruschka warf schnell das Tuch über die Kugel. »Ich glaube nicht, dass wir ihm helfen können«, versuchte sie ihre Tochter zu trösten und hatte doch selbst ein tröstendes Wort bitter nötig.

Später besprach sie sich mit Laszlo, erzählte ihm, was Sara in der Kugel gesehen hatte, und bat ihn um seinen Rat.

»Er ist unser Sohn. Wir müssen ihn retten«, sagte sie. »Das Böse hat ihn in den Klauen. Gibt es noch eine Möglichkeit, ihm zu helfen?«

Nachdenklich kratzte sich Laszlo am Ohr. »Ich weiß nicht«, murmelte er. »Zuerst sollten wir wissen, wie das Böse aussieht, dem er erlegen ist.« Er versprach Maruschka, mit Rocco zu reden und ihn zu bitten, ein Auge auf Branko zu haben, wenn sie das erste Mal im Frühling wieder einen Markt besuchten.

Der Winter war mild. Rosina bekam eine Tochter, die sie Mirjam nannte. Maruschka und Laila halfen ihr bei der Geburt und die Männer begleiteten die Wehen mit Geigenmusik.

Es gab nur wenige Stürme und die Hirten trieben ihre Herden früher aus als sonst. Die Vögel kehrten auch schon bald aus ihren Winterquartieren zurück. Maruschka und ihre Familie freuten sich, mit Andris, Raissa und den anderen zusammen die langen Winterwochen hinter sich gebracht zu haben.

Die Männer arbeiteten auf dem Gut des Herren und die Frauen flochten Körbe oder häkelten kleine Deckchen, mit denen sie später hausieren gehen würden. Immer umringt von einer Schar Kinder erzählten sie sich dabei Geschichten, wahre und unwahre, was ihnen gerade einfiel. Und wenn die Mutter Sara aufforderte, auch eine Geschichte zum Besten zu geben, dann tat sie es. Sie schmückte sie aus, veränderte sie, wie es ihr gerade in den Sinn kam, und ließ sie einmal schlecht und dann wieder gut ausgehen. Milosch hörte ihr aus einiger Entfernung zu, denn er war bereits in dem Alter, in dem Jungen sich lächerlich vorkommen, wenn sie den Frauen beim Märchenerzählen zuhören. Immer noch riefen ihm die größeren Jungen »Rotkäppchen!« nach und der Ärger darüber machte ihn einsam und verschlossen.

An den Abenden spielten die Männer oft Geige, und wenn den Frauen danach war, tanzten sie ums Lagerfeuer.

Sara erkannte, dass die Männer ihre Märchen viel schwerer als die Frauen in Worte fassen konnten. Sie erzählten ihre Geschichten mit den Geigen, mit dem Cymbal, einem Hackbrett, dessen Saiten sie mit zwei Hämmerchen Töne entlockten, oder einer Flöte aus dicken und dünnen, kurzen und langen Schilfrohren. Das war mindestens so schön, wenn nicht noch schöner.

Für Sara war es der elfte Frühling, nachdem sie geboren war, als sie Abschied von Miloschs Sippe nahmen, die Pferde anspannten und auf getrennten Wegen in den Norden aufbrachen.

Der Dieb

Rocco hielt sein Versprechen. Er ließ Branko nicht aus den Augen, als sie das erste Mal wieder einen Markt besuchten, zog sich den Schlapphut tief in die Stirn und folgte ihm in einiger Entfernung, während Branko an den Ständen entlangschlenderte. Zuerst wunderte er sich, warum der Junge immer mal wieder einen der Marktbesucher anrempelte und ihn gleich darauf um Verzeihung bat. Doch dann beobachtete er plötzlich, wie etwas in seiner Hand aufblitzte und wie er den schimmernden Gegenstand rasch in seiner Hosentasche versenkte.

Er traute seinen Augen nicht und folgte ihm weiter und sah, dass Branko einen besonders schönen rotbackigen Apfel klammheimlich aus einer Kiste stibitzte und wie er aus Versehen einen Korb mit

Nüssen umstieß und dem Verkäufer unter Entschuldigungen dabei half, sie wieder aufzulesen. Ein Teil der Nüsse verschwand ebenfalls in seinen Taschen. In den Apfel biss er gleich.

An diesem Abend berichtete Rocco Laszlo und Maruschka von Brankos Raubzug.

Nachdem es im Lager ruhig geworden war und sich alle zum Schlafen auf ihre Decken und Strohsäcke zurückgezogen hatten, stellten die beiden Branko zur Rede.

»Leer deine Taschen aus!«, befahlen sie ihm.

Ohne auch nur im Geringsten ein schlechtes Gewissen zu zeigen, tat Branko, was sie von ihm verlangten. Da kam neben einem Stück Schnur, einem besonders schön gefärbten Kieselstein, einer Bussardfeder und einem Fetzen Tuch, das für alles Mögliche verwendbar war, auch eine goldene Taschenuhr zum Vorschein.

»Woher hast du die?«, rief Maruschka entsetzt. »Du wirst doch nicht behaupten, dass dir die jemand geschenkt hat?«

»Das tue ich auch gar nicht«, erklärte ihr Branko trotzig. »Der Mann sah reich aus. Als ich ihn fragte, ob er ein paar Münzen für mich übrig hätte, und er einfach weiterlief, ohne mir eine Antwort zu geben, hab ich ihm schnell die Uhr aus der Tasche geholt.

Es ging ganz leicht. Die Kette war kein Problem. Er hat nichts gemerkt.« Aus seinen Worten klang so etwas wie Stolz.

»Die Uhr hast du gestohlen!« Maruschka stemmte die Fäuste in die Seiten und sah ihren Sohn herausfordernd an. »Du hast jemandem etwas weggenommen, was dir nicht gehört!«

»Einmal hat man mich für einen Diebstahl bestraft, obwohl ich gar nichts gestohlen hatte. Dafür hol ich mir jetzt, was ich brauche, von den Leuten, die es haben.«

Laszlo stieg das Blut in den Kopf, als er das hörte. »Und du glaubst, du kannst dich jetzt schadlos halten für die Zeit im Gefängnis?«

»Das ist nur recht und billig«, murrte Branko.

»Das ist es nicht!«, schrie Maruschka wütend. »Gewiss nicht!«

»Wenn's euch nicht passt, kann ich's auch nicht ändern. Die anderen haben viel und wir so wenig. Das ist nicht gerecht.«

»Wir haben dafür unsere Freiheit. Mehr Freiheit als alle. Und wir haben unseren Stolz. Du solltest wissen, dass wir Zigeuner es besonders schwer haben!«, fuhr ihn Laszlo empört an. »Viele Menschen mögen uns nicht, sind misstrauisch, verdächtigen uns schnell, auch wenn wir unschuldig sind, und du gibst ihnen allen Grund für ihre Annahme, dass sie Recht damit haben! Ab sofort bleibst du im Lager, wenn wir einen Markt besuchen!«

Wütend drehte Branko sich um und verschwand in der Dunkelheit.

In dieser Nacht wälzte sich die *Puri-Dai* auf ihrem Bett hin und her, und als sie schließlich doch einschlief, quälten sie böse Träume.

Am nächsten Morgen war Branko weg. Sara, Kolja und Juri suchten ihn überall. Sie riefen und schrien, hofften ihn im Gesträuch aufzustöbern oder in einem alten Schuppen, doch er war und blieb verschwunden.

»Meinst du, er kommt nie wieder?«, fragte Sara ihre Mutter am Abend.

»Wenn er nicht einsieht, dass er im Unrecht ist, wird es besser sein, er bleibt weg«, antwortete ihr die Mutter.

Es war ein trauriger Abschied, als sie das Lager abbrachen und sich auf den Weg zum nächsten Markt machten. Für lange Zeit blieben die Geigen im Kasten. Für lange Zeit verlor Sara die Lust am Tanzen. Und als sie eines Tages die Mutter fragte, ob sie Brankos Versteck vielleicht in der kristallenen Kugel entdecken könnten, sagte Maruschka: »Nein. Du darfst nicht zu viel von der Zauberkugel verlangen. Sie kann uns nicht mehr sagen, als wir schon wissen. Die Spinne hat Branko mit ihren Fäden gefesselt. Wenn es ihm nicht gelingt, sich selbst daraus zu befreien, muss er dort bleiben, und das ist schlimmer als in einem Gefängnis.«

Benedikt

Sie zogen weiter durch die Berge, schlugen einmal hier und einmal dort ihr Lager auf, verkauften die Pferde, die sie aus der Puszta mitgebracht hatten, und die in den Wintermonaten geflochtenen Körbe, sagten den Menschen die Zukunft voraus und verteilten Kräuter an die Kranken. Rosinas kleine Tochter gedieh. Sie war ein fröhliches Kind und Sara durfte sie oft im Arm halten, wenn die Mutter etwas anderes zu tun hatte.

Sara freute sich nicht über den schönen Frühling. Sie hörte nicht die Lieder der Vögel, die sie sonst immer so gern gehört hatte, und spielte auch nicht mit den anderen im Wald. Sie ritt allein mit dem Braunen über die Wiesen und dachte an Branko. Er fehlte ihr sehr, und als sie ihr Lager wieder einmal in der

Jachenau aufschlugen, besuchte sie gleich den kleinen Quellbach, der von den Leuten *Kaltes Wasser* genannt wurde. Sie warf Steinchen hinein und erinnerte sich daran, wie gern sie früher mit ihrem Bruder dort gespielt hatte.

Sie wurde allmählich erwachsen. Irgendwann würde ein Junge kommen, der sie heiraten wollte. Nicht einmal heimlich gestand sie sich ein, wie sehr sie sich wünschte, der Junge möge so aussehen wie Benedikt, der Bruder von Agnes, dem sie die Schuld an Brankos Verschwinden gab. Sara konnte nicht verhindern, dass ihr Herz schneller klopfte, wenn sie an ihn dachte, und manchmal träumte sie auch von ihm.

Sie nahm sich vor, die Bilder in dem Kristall besser zu verstehen und zu deuten. Sie wollte eine *Tschochani* werden, eine Seherin und Heilerin, eine von denen, die nur alle hundert Jahre einmal auf die Welt kommen. »Es ist keine Zauberei«, hatte Maruschka gesagt, »es sind das Wissen und unsere Kenntnis von den Menschen, die uns den anderen überlegen sein lassen.«

Mit großer Aufmerksamkeit sah sie zu, wenn Maruschka Salben und Tinkturen zubereitete, und sie begleitete sie fast immer, wenn sie zu einem kranken Menschen oder einem kranken Tier gerufen wurde.

Auf dem Markt hockte sie neben ihr auf dem Boden und sah zu, wie sie die Karten legte oder den Leuten aus der Hand las.

Nur wenn Laszlo am Abend auf seiner Geige spielte, vergaß sie den verlorenen Bruder. Dann hüpfte sie und tanzte ums Lagerfeuer, lachte, schnippte mit den Fingern und freute sich. Oft traten er, Mirko und Rocco auch in Wirtshäusern auf. Sie spielten auf Hochzeiten oder an hohen Feiertagen und ihre Melodien lockten, hüpften, jauchzten und schluchzten und forderten die Leute zum Tanzen auf.

So war es auch in der Jachenau. Es war im Mai. Die Kühe standen im hohen Gras und fraßen sich satt, während ihre Kälbchen um sie herumsprangen. Auf den Wiesen blühten Enzian, Trollblumen und zartviolette Primeln, während die Bienen fleißig den Honig aus ihren Blüten sammelten. Das Wetter war schön, es versprach allen Menschen einen guten Sommer.

An einem dieser Tage lud der Wirt Laszlo mit seiner Zigeunerkapelle ein, beim Maitanz aufzuspielen. Ihre Musik wäre für seine Gäste eine willkommene Abwechslung, hatte er sich überlegt. Laszlo erlaubte Sara sie zu begleiten.

Um sich ein bisschen nützlich zu machen, half das Mädchen dem Wirt beim Bedienen der Gäste, während ihr Vater und seine Brüder zum Tanz aufspielten. Wenn der Bogen von Laszlos Geige immer rascher über die Saiten hüpfte, dann mussten auch die Tänzer sich rascher im Kreis drehen, und das machte sie durstig. Sara kam kaum mehr nach mit dem Schleppen der vollen Biergläser.

Trotzdem juckte es ihr in den Beinen, mitzutanzen. Einmal hielt sie es nicht länger aus. Sie stellte die leeren Gläser auf den Schanktisch, sprang mitten auf die Tanzfläche und drehte sich, dass ihr Rock hochflog, schnippte mit den Fingern und juchzte laut. Die Tänzer machten ihr den Platz in der Mitte frei und feuerten sie zu immer wilderen Sprüngen an. Die Zuschauer klatschten im Takt mit den Händen.

Auf einmal stand der Benedikt am Rand der Tanzfläche. Seine Mutter hatte ihn mit dem Auftrag ins Wirtshaus geschickt, er solle den Vater holen. Eine Kuh kalbte. Da wurde der Bauer zu Hause gebraucht.

Doch als der Benedikt das Zigeunermädchen tanzen sah, vergaß er seinen Auftrag. Seine Augen verfolgten die junge Tänzerin. Er lächelte. Auch Sara hatte ihn gesehen. Immer schneller wirbelte sie im Kreis herum und kam sich bald vor wie ein Schmetterling, der von Blume zu Blume über eine Wiese flattert, oder eine trillernde Lerche, die sich das Tal der Jachen von oben ansieht. Noch nie hatte sie so getanzt. Sie tanzte für den hoch gewachsenen Jungen mit dem roten Schopf und den Sommersprossen auf der Nase, der in der Wirtshaustür stand und sie nicht aus den Augen ließ.

Auch Saras Vater war der Benedikt aufgefallen. Als er die bewundernden Blicke des Jungen sah, ließ er den Arm mit dem Bogen sinken. »Pause!«, sagte er missmutig.

Ohne Musik konnte Sara nicht tanzen. Rasch verschwand sie in der Küche.

Der Leitenbauer packte seinen Sohn am Arm und zog ihn zur Seite. »Was ist?«, fragte er. »Was stehst so herum?«

»Die Mutter hat mich geschickt«, stammelte Benedikt verlegen. »Sie braucht dich daheim. Die Bless kommt zum Kalben.«

Da blieb dem Leitenbauern nichts anderes übrig, als sich mit seinem Sohn auf den Heimweg zu machen. Mit verdrießlicher Miene stapfte der Benedikt hinter ihm her.

»Himmelkreuzdonnerwetter, hast dich in das kleine Luder verguckt!«, hörte er den Vater schimpfen. »Machst ihr schöne Augen. Die ist doch drauf aus, allen Männern den Kopf zu verdrehen. Ab sofort ist damit Schluss. In Zukunft hältst du dich fern von dem Diebesgesindel. Mit denen wollen wir nichts zu tun haben!«

Es war gut, dass er nicht sehen konnte, wie dem Benedikt das Blut in den Kopf schoss. Im Stillen hatte der Vater schon längst beschlossen, dass es für seinen Sohn an der Zeit wäre, ihn zu seinem Onkel zu schicken, der draußen im Isarwinkel ebenfalls einen Hof besaß und außerdem eine hübsche Tochter. Es war noch zu früh, um ihm den Hof zu übergeben. Er hatte noch viel dazuzulernen. Und bevor der Benedikt jetzt auf dumme Gedanken kam, musste es schnell geschehen, am besten sofort.

Auch Maruschka und Laszlo berieten sich miteinander. Obwohl sie ursprünglich noch ein paar Tage länger bleiben wollten, fanden sie, dass es besser wäre, wenn sie am nächsten Tag schon ihr Lager abbrechen würden. Saras Tanz im Wirtshaus und Benedikts bewundernde Blicke hatten sie aufgeschreckt. Ein reicher Bauernsohn und ein Zigeunermädchen, das konnte nicht gut gehen. Es war besser, sie fuhren schnell weiter. Bis im nächsten Jahr sähe alles anders aus.

Sie fragten nicht lange, was Sara zu diesem Entschluss sagen würde.

Und wieder ist ein Jahr vorbei

Ein Tag reihte sich an den anderen wie Tautropfen an einem Spinnenfaden. Aus den Tagen wurden Monate und aus den Monaten ein Jahr. Maruschka und ihre Familie wanderten weiter durch Sommer und Herbst. Sie wanderten durch das schwäbische Land bis ins Elsass hinüber und von dort rheinabwärts bis an die Weinstraße. Rosinas kleine Tochter Mirjam krabbelte vergnügt am Boden herum und neckte die Hunde. Sara half der Mutter, sammelte Kräuter und begleitete sie auf die Märkte.

Als Laszlo mit seiner Familie den Neckar erreichte, schlug er einen großen Bogen und lenkte sein Gespann in südöstliche Richtung. Sie hielten sich nirgendwo mehr lange auf und kehrten über Wien zurück in die Puszta, wo sie den Winter zusammen mit

Andris, Raissa, Milosch und ihrer Sippe verbringen wollten.

Nach Branko fragte niemand und Maruschka forderte ihre Tochter lange nicht mehr auf, ihr Wissen um die Geheimnisse der Kristallkugel weiter zu vertiefen.

»Das hat Zeit«, sagte sie, wenn Sara sie drängte. »Du bist noch zu jung, um anderen damit zu helfen.«

Wenn Maruschka Frauen zu sich bestellte, die einen Rat von ihr haben wollten, dann zog sie sich mit ihnen in eines der Zelte zurück, wo sie die Zauberkugel aus ihrem Kästchen holte. Sara musste dann draußen bleiben.

Diesen und die nächsten Winter verbrachte ihre Familie wie eh und je in der Puszta, wo sie Raissa, Andris und ihre Leute trafen.

Milosch folgte Sara, wohin sie auch ging, und Juri grinste spöttisch, wenn er die beiden sah.

»Was gibt's da zu grinsen?«, fauchte Sara ihn an.

»Eigentlich nichts«, entgegnete Juri. »Nur, dass ihr ein so komisches Paar seid, das Rotkäppchen und du.«

Das waren sie wirklich. Sara schoss in die Höhe und wurde von Jahr zu Jahr schöner. Wenn ihr Vater zusammen mit Mirko und Rocco in einem Wirtshaus zum Tanz aufspielte, dann nahmen sie Sara mit, damit sie den Leuten etwas vortanzte. Wenn sie sich dann auf der Tanzfläche drehte, flatterten ihre dunklen Locken wie Flügel hinter ihr her.

Milosch dagegen war immer noch kleiner als sie. Seine kurzen, stämmigen Beine konnten nur schwer mit ihr Schritt halten. Der Kopf saß auf einem etwas zu kurzen Hals und die verzottelten Haare hingen ihm in die Augen. Nein, Milosch war keine Schönheit, aber er liebte Sara vom ersten Augenblick an, als er ihr begegnet war. Er war ein paar Jahre älter als Branko und an Kinn und Wangen erschienen die ersten Barthaare.

Nie wagte er es, sie zum Tanz aufzufordern, weil er wusste, dass er sich damit dem Gelächter der Zuschauer aussetzen würde.

Er war es auch, der dafür sorgte, dass seine Sippe den Winter zusammen mit Maruschkas Familie in der Puszta verbrachte. Dort war er in der Nähe von Sara und das machte ihn glücklich.

Sara dagegen behandelte ihn nicht besonders freundlich. Er ging ihr auf die Nerven und allmählich mied sie seine Nähe, wo und wann sie konnte. Sie machte große Fortschritte im Erfinden von Ausreden, täuschte vor, zu beschäftigt zu sein, um sich mit ihm abgeben zu können, und wenn gar nichts anderes half, dann sagte sie ihm ins Gesicht, dass sie lieber allein sein wolle. Daraufhin zog er sich meistens verletzt zurück.

Auch als er begann, ihr kleine Geschenke zu machen, einen besonders schön gefärbten Kieselstein zum Beispiel oder ein Schneckenhaus, eine bunte Glasperle oder einen billigen, auf einem Markt erstandenen Fingerring, fragte sie ihn nur schnippisch: »Was soll ich damit?«, drehte sich um und ging weiter.

Im Frühling, als die ersten Zugvögel über die Puszta flogen, packten die Zigeuner wieder alles auf ihre Wagen und kauften den Hirten einige Pferde ab. Es gab ein großes Abschiednehmen zwischen den Familien von Laszlo, Mirko und Rocco und derjenigen von Andris und Raissa. Nachdem sie verabredet hatten, sich im Herbst wieder hier zu treffen, zogen die Wagen in verschiedenen Richtungen davon.

Sara freute sich, wieder unterwegs zu sein, aber Milosch verwand die Trennung nur schwer. Einzig die Aussicht, Sara im Herbst wiederzusehen, tröstete ihn ein wenig.

Der kranke Hund

Allmählich stellte sich heraus, dass Sara nicht nur großes Geschick darin hatte, Menschen zu heilen, sondern dass sie auch eine gute Hand mit Tieren hatte. Lahmte eines der Pferde und hatte sich eine Sehne verzerrt, dann machte sie ihm kühlende Kräuterumschläge und erneuerte diese wieder und wieder, so lange, bis es schmerzfrei auftreten konnte. Die Pferde hielten still und ließen alles mit sich geschehen, wenn Sara sich ihnen näherte, doch wenn ihnen Laszlo, Mirko oder Rocco zu nahe kamen, wehrten sie sich. Hatte sich einer der Hunde aber den Magen verdorben und tat ihm der Bauch weh, dann flößte sie ihm vorsichtig Tee ein und massierte seinen Körper, bis er wieder lustig um sie herumsprang.

Allein, ohne die *Puri-Dai,* hatte sie noch nie einen Kranken besuchen dürfen, doch eines Tages verhalf ihr der Zufall zu einem Patienten.

Sie hatten ihr Lager vor den Toren einer Stadt in Franken aufgeschlagen, als ein Bote den Zigeunern die Nachricht überbrachte, eine der Frauen möge mit ihm kommen, man benötige ihre Hilfe bei einer Kranken.

An diesem Tag war das Lager fast leer. Alle waren zum Markt gegangen, Rosina hatte die kleine Mirjam mitgenommen und die anderen hatten Eimer, Körbe und Besen mit sich geschleppt. Der fremde Bote hatte nur Sara im Lager angetroffen. Sie erkundigte sich nicht lange nach dem Woher und Wohin oder der Art der Krankheit, sondern erklärte dem Boten nur, dass er mit ihr vorlieb nehmen müsse. »Ich kenne mich ebenso gut mit Krankheiten aus wie meine Mutter oder eine meiner Tanten«, fügte sie stolz hinzu.

Der Bote zögerte. Er schätzte, dass sie kaum mehr als fünfzehn Jahre alt sein konnte, und überlegte, ob sein Auftrag auch für ein so junges Mädchen gelten würde, aber weil ihm bekannt war, dass die Sache eilte, erklärte er sich mit Saras Vorschlag einverstanden.

Er führte sie zu einem vornehmen Haus in der

Altstadt. Auf dem Weg dorthin erzählte er ihr, dass der Mann seiner Herrin erst kürzlich verstorben, aber ein bedeutender Kaufmann gewesen sei, der vom Salzhandel reich geworden sei, dass die Kranke seiner trauernden Witwe Gesellschaft leiste und Fräulein Mumusch genannt werde. Was ihr genau fehlte, wusste er nicht, nur, dass man schon viele Ärzte konsultiert habe und keiner ihr helfen konnte.

Als sie das hohe Portal erreichten, forderte er sie zum Eintreten auf und stieg mit ihr eine breite Steintreppe hoch, die zu den Gemächern der Dame führte.

»Hier bringe ich Ihnen die Zigeunerin, gnädige Frau«, sagte der Bote und verbeugte sich tief.

Eine vornehme Frau saß in einem Lehnstuhl in einer der Fensternischen. Neugierig musterte sie Sara. Auf einem Kissen neben ihrem Sessel schlief ein kleines Hündchen.

Sara staunte über die Pracht des Zimmers. Die Wände waren mit kostbaren Seidenstoffen tapeziert, die Stühle alle gepolstert und auf dem Boden lag ein so wunderbarer Teppich, dass sie Angst davor hatte, auf ihn zu treten und ihn zu beschmutzen. Die Dame war ziemlich dick, was ihr mit Spitzen überladenes Kleid kaum verheimlichen konnte. Die

Körperfülle des Hündchens stand derjenigen seiner Herrin in nichts nach.

»Sie ist zwar jung, ein halbes Kind noch, aber sie hat mir gesagt, dass sie sich auskennt und alles tun wird, um Ihnen zu helfen«, fügte der Bote rasch noch hinzu, als er sah, dass die Dame zögerte.

Sara, die besonders höflich sein wollte, machte es ihm nach und verbeugte sich ebenfalls. »Guten Tag«, sagte sie schüchtern. »Was kann ich für Sie tun?«

»Nicht für mich«, sagte die Dame und kramte aus einem Beutel an ihrer Seite ein süßes Plätzchen hervor, »sondern für Mumusch, mein krankes Hündchen, meine liebste Gesellschafterin.«

Sara war verwundert über das Missverständnis. Fräulein Mumusch war also kein Mensch. Sie war ein Hündchen, das der Witwe Gesellschaft leistete. Doch dann fasste sie sich schnell wieder und fragte: »Was fehlt ihr denn? Wie äußert sich die Krankheit, die keiner der Ärzte heilen konnte und wegen der Ihr mich holen ließet?«

»Sie hat große Schmerzen und frisst nichts mehr außer süßen Leckereien.« Um ihre Worte zu unterstreichen, reichte die Dame dem Hündchen das Plätzchen, das es hastig verschlang. »Sie hat Verstopfung, manchmal auch Fieber, schrecklichen

Durst und muss sich ab und zu erbrechen. Ich habe bereits zahlreiche Ärzte befragt, doch keiner konnte ihr helfen.« Sie betupfte sich die Augen mit einem Spitzentuch.

»Darf ich sie untersuchen?«, fragte Sara schüchtern.

Die Witwe erlaubte es gnädig. Als Sara behutsam Fräulein Mumuschs Bauch betastete, schloss das Hündchen einen Moment lang die Augen und seufzte. Sein Leib fühlte sich hart und verspannt an.

»Habt Ihr ein wenig Kampferspiritus im Haus?«, fragte Sara. »Und vielleicht auch einen wollenen Handschuh?« Die Dame schickte den Boten weg, das Gewünschte zu holen.

Sara besprengte den Leib des Hündchens von beiden Seiten mit einigen Tropfen Spiritus, zog sich den Handschuh an und massierte seinen Bauch langsam mit kreisenden Bewegungen. Der Witwe kam es so vor, als male sie mit ihrer Hand magische Zeichen auf das Fell ihres Lieblings, Kreise, Achter und einfache Streifen. Dazu murmelte sie immerzu Worte, die zärtlich klangen, die man aber nicht verstehen konnte. Schon nach kurzer Zeit zeigte sich, wie gut dem Hündchen die Massage gefiel. Es streckte sich, grunzte vor Wohlbehagen und ließ einen kleinen Furz.

»Einen Tag lang muss es hungern. An den darauf folgenden Tagen kann man ihm Fleischbrühe und Haferschleim anbieten, auf keinen Fall aber Schokolade, Bonbons oder andere Süßigkeiten. Anstelle von Wasser soll es Kamillentee trinken und eine Woche lang drei Messerspitzen von einem Pulver ins Futter bekommen, das ich noch zubereiten muss. Schickt den Boten ins Lager, damit er's bei mir abholt. Im Übrigen braucht es viel Bewegung. Es sollte zweimal am Tag mindestens eine Stunde lang ausgeführt werden.«

»Zu Fuß oder mit der Kutsche?« Die Vorstellung, dass sie mindestens zwei Stunden pro Tag ihren Liebling im Stadtpark ausführen sollte, war der Witwe ein Gräuel.

»Zu Fuß natürlich. Nicht mit der Kutsche. Ihr werdet sehen, dass Euer Hund in spätestens einer Woche wieder völlig gesund ist.«

Die Dame war überglücklich, als Sara das sagte. Sie schenkte ihr eine Silbermünze und schickte sie zusammen mit dem Boten ins Lager zurück, damit er ihr das Pulver gleich brächte.

Die kleine Mumusch war wirklich in wenigen Tagen von ihrer Krankheit genesen. Sie nahm ein bisschen ab, weil sie im Park mit anderen Hunden spielte und sich wieder ihres Lebens freute. Daraufhin ließ ihre Besitzerin Sara ein zweites Silberstück überbringen. Sie erzählte allen ihren Freundinnen von der wundersamen Heilung, und diejenigen, die gerade ein krankes Tier im Haus hatten, nahmen unverzüglich die Gelegenheit wahr und baten Sara um einen Besuch.

Das machte sie weit im Umkreis der kleinen Stadt bekannt und es dauerte eine Weile, bis sie alle kranken Hunde behandelt hatte und Laszlo und Maruschka das Lager wieder abbrechen konnten, um weiterzufahren.

Ein Antrag

Es dauerte nur wenige Jahre, bis Sara der Ruf vorauseilte, dass sie in der Lage war, sich mit kranken Tieren zu unterhalten und sie zu heilen. Sie behandelte nicht nur mit großem Erfolg Koliken und Haarausfall, sondern auch Zerrungen und entzündete Euter bei Kühen und Ziegen. Sie versorgte Wunden mit selbst hergestellten Pulvern, Tinkturen und Salben, die ihre Patienten schneller gesund werden ließen als bei den Behandlungen irgendwelcher Quacksalber.

Doch das genügte Sara nicht. Sie wollte auch Menschen helfen, die an Körper und Seele erkrankt waren. Sie wollte die Krankheiten mit ihren Kräutern bekämpfen, ihre Handlinien bestimmen, ihnen die Karten legen, mit ihnen über ihre Sorgen sprechen und, wenn es nötig war, auch mit ihnen die Kristallkugel befragen. Doch ihre Mutter fand, sie sei dafür noch zu jung und unerfahren.

»Du brauchst viele Jahre, bis du eine *Tschochani* wirst. Geduld gehört dazu, Lebenserfahrung und das Wissen um die Dinge, die du in der Kristallkugel erkennen kannst. Das Erforschen der Wahrheit dauert noch länger«, erklärte ihr Maruschka, als Sara sie immer wieder bedrängte, allein zu einem Kranken gehen zu dürfen. Sie musste lernen geduldig zu sein, und das war oft schwerer, als mancher sich denkt.

Jahr für Jahr schlugen sie ihr Lager in der Jachenau auf. Dann besuchte Sara gleich die Stelle am Kalten Wasser, an der sie mit Branko immer gespielt hatte, und folgte dem kleinen Wasserlauf bis dahin, wo er in die Jachen mündete. An der Jachen setzte sie sich auf den Felsblock und dachte an Agnes und Benedikt, die Kinder des Bauern an der Leiten, und wenn in ihrer Nähe ein Gänseblümchen blühte, dann pflückte sie es und befragte das Orakel, ob sie ihnen wohl noch einmal begegnen würde. Sie wurde nicht klug aus dem, was die Blütenblätter ihr sagten, denn einmal war es *Ja* und ein anderes Mal *Nein* und so kehrte sie jedes Mal ebenso schlau, wie sie hergekommen war, zum Lager zurück.

Es war Rosina, Mirjams Mutter, die ihr eines Tages Neuigkeiten erzählte.

»Im Dorf reden sie darüber, dass der Sohn des Leitenbauern bald heimkehren wird«, sagte sie.

»War er verreist?«, fragte Sara. »Wo war er denn?«

»Die einen sagen, der Vater hätte ihn zu einem Onkel geschickt, die anderen behaupten, er habe sich freiwillig gemeldet und sei Soldat des Königs geworden.«

Sara versuchte die Gedanken an Benedikt aus ihrem Kopf zu verscheuchen, was ihr nur unzureichend gelang. Oft war sie froh, wenn Maruschka und Laszlo den Befehl zum Abbruch des Lagers gaben und sie Kolja und Juri beim Einspannen der Pferde helfen konnte.

Die Winter verbrachten sie immer in der Puszta und sie sahen es mit der Zeit als selbstverständlich an, dass sich Andris, Raissa und ihre Sippe ebenfalls dort einfanden. Die Männer arbeiteten wie immer zusammen auf dem Gut und die Frauen häkelten Deckchen, strickten warme Socken oder flochten Körbchen, mit denen sie später hausieren gingen. Ab und zu, wenn das Geschäft gut war, feierten sie ein Fest. Laszlo, Mirko und Rocco spielten auf ihren Instrumenten und Sara durfte tanzen, so viel und so oft sie wollte. Milosch verfolgte sie dabei mit sehnsüchtigen Augen, was sie geflissentlich übersah.

Niemand zählte mehr die Jahre, die seit ihrer Geburt vergangen waren. Sie war zu einem schönen jungen Mädchen herangewachsen. Wenn sie über einen Markt schlenderte, drehte sich mancher junge Mann nach ihr um oder versuchte sie anzusprechen. Doch Sara beachtete ihn nicht und ging weiter. Wenn einer von ihnen zudringlich wurde, wies sie ihn unmissverständlich ab.

Es war Winter und sie lagerten wieder in der Puszta, als sich Andris eines Tages neben Laszlo und Maruschka ans Lagerfeuer setzte. Nach der üblichen Begrüßung und einigen Gläsern Schnaps brachte er die Sprache auf die Zukunftspläne seines Sohnes Milosch: »Wie ihr sicher schon bemerkt habt, ist Milosch ein stattlicher junger Mann geworden. Es wird Zeit für ihn, ein Mädchen zu finden, damit er heiraten kann.« Erwartungsvoll sah Andris Laszlo an, der in aller Gemütsruhe ein glühendes Aststück aus dem Feuer holte und sich damit seine Pfeife anzündete.

»Du hast Recht«, brummte er schließlich und zog an seiner Pfeife, »die Kinder werden erwachsen und wir werden alt.«

Doch Andris hatte nicht die Absicht, mit Laszlo

über sein bevorstehendes Alter zu sprechen. Er hatte andere Sorgen. »Raissa und ich bemerken schon lange, dass unser Sohn nur Augen für euere Tochter Sara hat. Auch wenn wir im Sommer durch das Land fahren und viele Märkte besuchen, wobei wir auch andere Zigeunerfamilien treffen, findet er keinen Gefallen an einem anderen Mädchen. Er will nur Sara und keine andere. Das hat er uns gesagt, als wir ihn fragten ...«

Ein tiefer Seufzer Maruschkas unterbrach seine sorgfältig einstudierte Rede. »... Und deshalb bin ich heute zu euch gekommen«, fuhr er fort, »weil ich euch fragen wollte, ob ihr Milosch euere Tochter zur Frau geben würdet.«

Jetzt war es heraus und er war froh darüber. Ihm und seiner Frau Raissa war es ja schon lange bekannt, dass sein Sohn von Saras Familie nur Rotkäppchen genannt wurde und dass er sicher nicht der Mann war, den sich Laszlo und Maruschka für ihre Tochter wünschten. Doch Milosch hatte ihn gedrängt, Saras Eltern seinen Antrag zu übermitteln.

»Es soll nicht euer Schaden sein«, fügte Andris noch schnell hinzu. »Die jungen Leute bekämen einen eigenen Wagen und zwei schöne Pferde, die besten, die wir kaufen können, die junge Braut den üblichen Brautschmuck, und für euch haben wir ein

Säckchen voll Silbermünzen vorgesehen, damit euch der Abschied nicht allzu schwer fällt.« Denn damals war es bei den Zigeunern üblich, dass die junge Frau ihre Sippe verlässt und mit der Familie des Mannes weiterzieht.

»Wir werden mit Sara eueren Antrag besprechen«, erwiderte Laszlo zurückhaltend und klopfte seine Pfeife an einem Stein aus. »Sie hat das Recht, über ihre Zukunft mitzubestimmen.«

Doch als Maruschka ihrer Tochter am nächsten Morgen von Miloschs Antrag erzählte, warf Sara stolz den Kopf in den Nacken und sagte: »Nein!« Das klang endgültig und war auch so gemeint.

»Du hast doch sicher selbst schon gemerkt, dass er dich aufrichtig liebt«, gab ihr die Mutter zu bedenken.

»Das ist mir gleich«, begehrte ihre Tochter auf und verglich Milosch im Stillen mit Benedikt. In ihrer Erinnerung war er groß, viel größer als das Rotkäppchen, hatte rotblonde Haare und trug kein lächerliches rotes Käppchen, das ihn einem Pilz ähnlich sehen ließ. Seine wasserhellen Augen erinnerten sie an das kühle Wasser der Jachen. Nein, der Milosch konnte es nicht mit dem Benedikt aufnehmen. Sie schüttelte den Kopf. Nein, nein und noch einmal nein. Sie wollte den Milosch nicht zum Ehemann, sie wollte bei Maruschka und den anderen bleiben und sie änderte ihre Meinung auch nicht, als Laszlo und Maruschka sie zu überreden versuchten. Das Einzige, das sie ihnen zugestand, war, dass sie sich ein Jahr Bedenkzeit gab. Ein Jahr war lang, da konnte viel geschehen, da konnte dem Milosch vielleicht ein anderes Mädchen über den Weg laufen, es brauchte ja keine *Tschochani* zu sein, sondern nur ein anderes, zu ihm passendes Zigeunermädchen.

»Im nächsten Winter bekommt ihr Antwort«, tröstete Maruschka Miloschs Eltern. »Das Jahr geht schnell vorbei.«

Andris und Raissa blieb nichts anderes übrig, als mit dieser Antwort zufrieden zu sein.

Im nächsten Frühling lagerten sie länger als sonst in der Jachenau. Das Tal zeigte sich von seiner schönsten Seite. Die Wiesen schmückten sich mit Schaumkraut und Glockenblumen. Der Duft der blühenden Apfelbäume wurde vom Wind durch das Tal getragen und versprach eine gute Ernte. Amseln flöteten um die Wette und der Himmel schmückte sich mit weißen Blüten aus Wolken, die über die Gipfel der Berge zogen.

Laszlo, Mirko und Rocco spielten im Wirtshaus zum Tanz auf und alle Jungen und Mädchen im Tal summten die Melodien ihrer Geigen. Sara wünschte sich so sehr, dem Benedikt zu begegnen, aber sie konnte nirgendwo eine Spur von ihm entdecken.

Eines Tages lud der Wirt Sara ein, wieder einmal zu tanzen. Wenn Sara tanzte, bekamen die Gäste auch Lust aufs Tanzen. Das machte durstig, und der Durst der Gäste belebte das Geschäft.

Sara erinnerte sich an Benedikts bewundernde Blicke und sie drehte sich, bis ihr Rock höher flog als sonst und ihre Beine zeigte. Sie tanzte sich die Seele aus dem Leib, schnippte mit den Fingern den Takt, juchzte und feuerte ihren Vater, Mirko und Rocco zu einem immer schneller werdenden Tempo an, und als sie sich schließlich völlig außer Atem auf einen Stuhl fallen ließ und die Männer ihre Arme mit den Bögen sinken ließen, da konnte sie immer noch keinen rotblonden Jungen entdecken, nur Agnes sah sie, Agnes stand auf einmal neben ihr. Ganz still hatte sie sich durch die Menge der Beifall klatschenden Zuschauer gedrängt und berührte ihren Arm.

»Sara«, sagte sie leise. »Bist du mir noch böse?«

Zuerst erkannte Sara sie nicht. Agnes war zu einem rundlichen Bauernmädchen herangewachsen. Die rotblonden Zöpfe hatte sie sich im Nacken zu einem Knoten zusammengesteckt. Nur die wasserhellen

Augen und die Sommersprossen waren noch die gleichen.

»Agnes«, sagte Sara. »Schön, dich wieder einmal zu sehen. Wie geht es dir?«

»Ach, gut«, erwiderte das Mädchen. »Ich kann mich nicht beklagen.« Das klang nicht besonders glücklich.

»Was machen die Gänse?«

»Der Vater hat ein Gehege gebaut. Sie werden jetzt nicht mehr gehütet.«

»Und der Benedikt? Was macht der?«

»Ach, der«, seufzte Agnes. »Der will heiraten, sobald seine Dienstzeit beim Militär beendet ist. Er will eine große Hochzeit feiern und alle Bewohner der Jachenau dazu einladen.«

Das gab Sara einen Stich. Die Nachricht, dass der Benedikt demnächst eine Braut heimführen wolle, traf sie tief. Sie vermied es, ihre Betroffenheit nach außen hin zu zeigen. »Und du, freust du dich nicht darüber?«, fragte sie.

»Dann ist auf dem Hof für mich kein Platz mehr. Benedikts Frau braucht Mägde und ich will keine Magd auf dem Hof meines Bruders werden.«

»Was wirst du tun?«

»Ich werd mir eine Lehrstelle als Köchin besorgen. Das ist alles, was mir zu tun übrig bleibt.« Eine Träne rollte an ihrer Nase entlang. Als sie den Mundwinkel erreichte, leckte sie sie schnell mit ihrer Zunge ab und schluckte sie hinunter.

»Arme Agnes!«, murmelte Sara leise und vergaß für einen Augenblick ihren eigenen Schmerz. »Ich muss jetzt gehen«, fügte sie laut hinzu. »Es ist besser, wenn uns niemand zusammen sieht. Sonst gibt's wieder Ärger.« Sie drehte sich um und ging davon.

Sie kehrte nicht gleich ins Lager zurück, und weil sie das Bedürfnis hatte, eine Weile allein mit ihren Gedanken zu sein, lief sie zuerst wahllos über die Wiesen bis ans Ufer der Jachen, dann durch den Wald hinter ihrem Lager und hockte sich schließlich an den Rand des kleinen Baches. Es war ihr klar, dass sie den Benedikt wahrscheinlich nicht wiedersehen würde. Was sollte sie auch mit ihm reden? Ein Bauernjunge würde niemals eine Zigeunerin zur Frau nehmen und Zigeunereltern würden ihre Tochter immer nur einem Zigeuner versprechen. So war das nun mal, seitdem es Zigeuner gab. Daran war nichts zu ändern. Und ein altes Zigeunergesetz bestimmte, dass sie ihre Familie verlassen musste, wenn sie heiratete.

So kam Sara zu dem Entschluss, die Kristallkugel zu befragen. Und wenn Maruschka es nicht erlaubte, würde sie es auch ohne ihre Erlaubnis tun.

Noch am selben Abend fragte sie ihre Mutter.

»Wozu willst du das?«, antwortete Maruschka. »Für was brauchst du die Zauberkugel?« Als Sara es ihr nicht sagen wollte, meinte sie nur, dass niemand den Kristall ohne einen triftigen Grund benützen dürfe. Das wäre Missbrauch und den ließe sie nicht zu.

Hochzeit

Es war das erste Mal, dass Sara nicht auf ihre Mutter hörte. Sie nahm sich vor, auf eine gute Gelegenheit zu warten, um den kleinen Schlüssel an sich zu bringen, den Maruschka an einer Schnur um den Hals hängen hatte. Diese kam schneller als erwartet. Als sich die Mutter am Abend wusch und dabei die Schnur mit dem Schlüssel neben sich auf einen Stein legte, nahm ihn Sara heimlich an sich. Es war schon dunkel. Maruschka fand die Schnur mit dem Schlüssel nicht mehr. Deshalb nahm sie sich vor, am nächsten Morgen ihre Suche fortzusetzen. Doch gerade als sie das tun wollte, wurde sie zu einem Kranken gerufen. Der Schlüssel kann nicht weg sein. Ich werde ihn finden, sobald ich zurück bin, dachte sie und folgte dem Boten, der sie gerufen hatte.

Alle anderen wollten zum Markt. Sara täuschte einen wehen Fuß vor. »Ich hab mir gestern einen Dorn in den Fuß getreten«, entschuldigte sie sich. »Damit kann ich euch schlecht zum Markt begleiten.« Sie wartete, bis sich alle auf den Weg gemacht hatten. Erst dann holte sie das Kästchen heraus.

Immer noch hielt der Reiter die Hand mit dem Falken hoch über seinen Kopf, während der Wind seinen Umhang blähte und der Schimmel sein linkes Bein hob, wie bei einer Parade vor dem König. Und plötzlich fiel Sara etwas auf, das sie vorher nicht beachtet hatte. Der Mann trug eine rote Mütze auf dem Kopf. Sie wurde zwar von einem schmalen Pelzrand gesäumt, aber sonst ähnelte sie jener, die Milosch auf seinen Haaren sitzen hatte und der er seinen Spitznamen verdankte.

Neugierig geworden schloss Sara das Kästchen auf, wickelte die Kugel aus dem Tuch und legte sie neben die brennende Kerze. »Mutter, verzeih mir«, murmelte sie leise, während sie die Kugel auf den billigen Ring legte, den ihr Milosch einmal geschenkt hatte. Sie beugte ihren Kopf tief über sie und prallte sofort wieder zurück. Die silbrig glänzenden Flächen, die durch den jahrtausendealten Druck der Felsen entstanden sein mussten, schwebten durch den Kristall wie die Wolken am Himmel der Jachenau, als sie ihn langsam zu drehen begann. Dann tauchte der Vogel Phönix hinter den Wolken auf. Was hatte die Mutter gesagt? Der Phönix bedeutete Glück und das Kleeblatt unter ihm doppeltes Glück. Doch Glück mit wem? Sara versuchte die Flächen zu deuten. An was erinnerte sie ihre Form? An einen Käfer? Eine Libelle oder eine Kröte? Sara drehte die Kugel immer schneller mit ihren Fingern, glaubte eine Figur zu erkennen, die dem Benedikt ähnelte und die sich mit der nächsten Drehung in nichts auflöste. Stattdessen füllte ein alter, schon halb vermoderter Baumstamm das Innere aus. An seinem Fuß stand ein Pilz. Doch bevor sie ihn näher betrachten konnte, liefen Sprünge durch das Bild, als sei es aus altem Glas, und Sara befürchtete, dass sie sich wieder in ein Netz verwandeln würden, wie sie es schon einmal getan hatten, damals, als Branko das Opfer der Spinne wurde. Zurück, zurück, schoss es ihr durch den Kopf, und sie drehte die Kugel nach der anderen Seite auf der Suche nach dem Vogel. Sie drehte sie nach oben und nach unten, erst als er wieder erschien, war sie zufrieden und blies die Kerze aus.

Was hatte der Kristall ihr sagen wollen? Zuerst der Phönix und gleich darauf das Kleeblatt, doppeltes Glück. Dann Benedikt, dem sie gleichgültig war, und schließlich der Pilz mit einer Kappe, die jener ähnlich sah, die der Jäger mit dem Falken trug. War er vielleicht Milosch, den sie Rotkäppchen nannten? Bedeutete er das doppelte Glück? Bedeutete er, dass sie sich für ihn entscheiden sollte?

Sara verstaute rasch den Kristall in dem Kästchen und versteckte es dort, wo ihre Mutter es aufzubewahren pflegte. Und als die Mutter am Mittag heimkam, reichte sie ihr den Schlüssel und erklärte ihr strahlend, dass sie ihn neben dem Stein gefunden habe, auf dem sie ihn am Abend zuvor abgelegt hatte. Der heimliche Blick in den Kristall blieb ihr Geheimnis.

In den nächsten Tagen und Wochen war sie auffällig still und nachdenklich.

»Ist was mit dir?«, fragte Julischka sie, als sie zusammen Brennholz sammelten. »Bist du krank?«

Doch Sara schüttelte nur den Kopf. »Nein, nein. Mir fehlt nichts.«

Erst als sie sich im Herbst wieder ihrem Winterquartier näherten, teilte sie Laszlo und Maruschka ihre Entscheidung mit: »Wenn ihr es wünscht, werde ich den Milosch zum Mann nehmen. Allerdings nur unter einer Bedingung.«

»Und die wäre?«

»Ich will nicht mit Andris und Raissa weiterfahren. Mein zukünftiger Mann soll sich uns anschließen.«

»Aber Kind, du weißt doch ...«, begann ihre Mutter entsetzt und Laszlo fuhr fort: »Es ist bei uns schon seit eh und je Sitte, dass die Braut ihre Familie verlässt und mit der Familie ihres Ehemannes weiterzieht.«

»Wenn ihr darauf besteht, kann das Rotkäppchen sich eine andere Frau suchen«, sagte Sara und das klang unwiderruflich. »Ich will einmal die *Puri-Dai* unserer Familie werden und vielleicht auch eine *Tschochani,* und bis dahin muss ich noch vieles lernen.«

In der Puszta angekommen, übermittelten Laszlo und Maruschka Miloschs Eltern, was Sara ihnen mitgeteilt hatte. Andris und Raissa riefen einen Familienrat zusammen. Es gab ein langes Hin und Her und am Ende erklärten sie sich schweren Herzens mit Saras Vorschlag einverstanden. Milosch überbrachte Sara sein Verlobungsgeschenk, ein schwarzes Schultertuch mit langen Fransen. Es passte gut zu ihrem weiten roten Rock, den sie beim Tanzen trug, und es stand ihr.

Als die ersten Vorboten den Frühling ankündigten, feierten beide Familien ein großes Hochzeitsfest. Andris übergab Laszlo ein Säckchen mit Silbermünzen und Raissa schenkte Sara ein Ohrgehänge und eine Halskette. Milosch durfte sich zwei Pferde aus der zum Gut gehörenden Herde aussuchen, die Andris dem Gutsherren bezahlte. Das Geschirr, ein Zelt und der Wagen wurden von einem Sattler und einem Wagner angefertigt. Der Gutsherr stiftete ihnen einen Hammel und ein kleines Fässchen voll süßen Weins.

Am Abend vor der Hochzeit bat Sara Maruschka, ihr noch einmal die Karten zu legen.

»Was willst du wissen?« Maruschka war gerade dabei, den Teig für die Fladen zu kneten, die sie für die vielen Hochzeitsgäste backen wollte.

»Wie das mit Milosch und mir wird, wenn wir verheiratet sind«, sagte Sara.

»Dann warte, bis ich meine Arbeit beendet habe«, sagte ihre Mutter.

Das Warten fiel Sara schwer. Es wurde früh dunkel und alle anderen Mitglieder ihrer Familie waren mit den Vorbereitungen auf den morgigen Tag beschäftigt. Doch auch der Teig für die Fladen wurde einmal fertig. Ausgebacken wurde er in der Glut des Lagerfeuers.

Erst dann holte Maruschka die Karten, mit denen sie gewöhnlich den Frauen, die sie danach fragten, die Zukunft voraussagte oder durch die sie die Ursachen ihrer Sorgen erkannte. Den Karten sah man an, dass sie oft gebraucht wurden. Sie waren vergilbt vom Sonnenlicht und ihre Ränder waren eingerissen und ausgefranst. Sara musste sie mischen und dabei fest daran denken, was sie von ihnen wissen wollte. Danach legte Maruschka sie vor sich auf dem Waldboden aus. Sie breitete eine neben der anderen aus, vier Reihen mit je neun Karten.

Schweigend betrachtete sie die Lage jeder einzelnen genau.

»Was siehst du?«, fragte sie Sara.

Das Mädchen überlegte. Wie oft hatte sie schon die Mutter oder Laila beobachtet, wenn sie einer Kundin die Karten legten. Dieses Mal betraf es sie selbst. Die Karten sollten ihr zeigen, was die Zukunft ihr bringen würde.

»Ich sehe die Ich-Karte neben der Glücks-Karte«, sagte sie. »Aber sie befindet sich links von ihr und alles, was links liegt, ist Vergangenheit.«

»Und was liegt rechts von der Ich-Karte?«

Sara deutete auf zwei Karten in derselben Reihe. »Zuerst die der Beständigkeit und dann, dann ...«

»Die des Hungers und weiter hinten sogar noch die des Todes. Das darf dich jedoch nicht erschrecken, Kind. Sterben müssen wir alle einmal. Das ist so, daran kannst du nichts ändern. Aber die Karte der Beständigkeit wird dich noch lange beschützen.« Maruschka lächelte, als sie das sagte. »Und sieh doch mal, wie viele schlechte Karten weit von dir entfernt liegen, die Verdrusskarte zum Beispiel, die der Falschheit, der Eifersucht oder eines großen Verlustes!«

»Und was ist mit der Liebe?« Sara musste sich überwinden, der Mutter diese Frage zu stellen.

»Die Liebe liegt zwei Reihen unter dir und drei Karten weiter links. Sie ist Vergangenheit. Aber mit Milosch hast du einen guten Mann. Er liebt dich und geht auf deine Bedingung ein, seine Familie zu verlassen und mit uns weiterzufahren. Das ist ein gutes Zeichen.«

Doch das Mädchen hatte sich eine andere Aussage der Karten erhofft. Und während sie die Karten wieder zusammenschob, hielt sie einen Augenblick inne bei der Karte der Hoffnung und der eines schmucken, blonden Offiziers, der sie an den Soldaten Benedikt erinnerte. Aber diese beiden lagen links von ihrer Ich-Karte. Sie waren Vergangenheit.

Auf diese Weise begriff Sara endgültig, worauf es beim Legen der Karten ankam. Es gab Personenkarten, Karten, die für wichtige Ereignisse standen, für Erfolg oder Misserfolg oder Gefühle wie Liebe und Trauer. Entscheidend war, ob sie sich links oder rechts von der Karte des Fragenden befanden, über ihr oder unter ihr. Das Allerallerwichtigste aber war die Deutung des Ganzen. Und dazu brauchte es nicht so sehr Regeln als vielmehr Erfahrung.

Der Hochzeitsmorgen in der Puszta war von einem strahlend blauen Himmel überwölbt. Weiße Frühlingswolken erinnerten die Zigeuner daran, dass es längst wieder an der Zeit war, die Pferde einzuspannen und gegen Norden zu ziehen. Die Braut wurde von Rosina, Laila und Julischka angekleidet und mit einem Kranz aus Papierrosen geschmückt. Sie legte all ihren Schmuck an, die Ohrgehänge, die Kette und das neue Schultertuch mit den Fransen, das ihr Milosch zur Verlobung geschenkt hatte. Auch Maruschka, Rosina, Laila und ihre Männer zogen ihre besten Gewänder an und steckten sich Papierblumen ins Haar oder ins Knopfloch. Laszlo kämmte besonders sorgfältig seinen Schnauzbart und stimmte die Geige. Mirko polierte seine Stiefel und Rocco bürstete seinen Schlapphut und danach noch die Haare.

Die Trauung fand in einer kleinen Kapelle am Rand der Puszta statt. Als die Glocke zu läuten begann, horchten die Pferde auf, die Hunde bellten freudig und hoch über dem Kirchturm flog ein Schwarm Kraniche gen Norden. Der erste Schmetterling des Jahres verirrte sich in die kleine Kirche und flatterte auf der Suche nach einem Ausweg über den Köpfen des Brautpaars hin und her. Maruschka trocknete sich die Tränen mit einem Taschentuch, das sie selbst genäht und bestickt hatte und das eigentlich zu den Waren gehörte, mit denen sie hausieren ging.

Später drehten Mirko, Rocco, Kolja und Juri abwechselnd den geschlachteten Hammel am Spieß über dem Lagerfeuer, während Laszlo und Andris ihre Geigen herausholten und zu spielen begannen.

Andris' Geige schluchzte vor Trauer, weil der Geiger seinen Sohn an eine andere Familie verlor. *Warum verlässt du mich, mein Sohn?*, sang sie. *Du wirst mir fehlen. Wir werden dich vermissen!* Doch Laszlos Geige jauchzte vor Freude und Stolz über das schöne Brautpaar.

Milosch trug auch an diesem Tag seine rote Mütze und keiner der anderen wagte es mehr, ihn noch einmal Rotkäppchen zu nennen. Er war stolz auf seine junge Frau, und Sara sonnte sich in seiner Liebe. Sie tanzte, wie sie noch nie in ihrem Leben getanzt hatte, drehte sich, schnippte mit den Fingern und sprang über das Feuer. Alle sprachen dem süßen ungarischen Wein gut zu, der eine oder andere mehr, als ihm zuträglich war. Und als der Gutsherr noch zu Besuch kam und eine Flasche Kornschnaps mitbrachte, waren die Männer bald alle berauscht und die Frauen hatten große Mühe, sie in ihre Zelte zu bringen.

Maruschkas Geheimnis

Bis die Männer am nächsten Tag ihren Rausch ausgeschlafen hatten, waren die Frauen mit dem Abbruch des Lagers fast fertig. Sie hatten die Zelte über den Köpfen der Schlafenden abgebaut und alles eingepackt. Sie hatten die letzte Glut des Lagerfeuers gelöscht, die Pferde eingespannt und die jungen gekauften Tiere hinten an den Wagen angebunden. Die Männer mussten nur ihre Strohsäcke und Decken auf die Wagen legen und Abschied von Andris' und Raissas Familie nehmen.

Raissa schenkte Sara eine Pfeife. Es war eine langstielige Frauenpfeife mit einem kleinen Pfeifenkopf. Sara hatte bei ihr das Pfeiferauchen entdeckt und deshalb wollte sie ihr noch diese Freude machen.

Der Abschied von ihrem Sohn fiel ihr sehr schwer.

»Behüt dich der Himmel, Milosch! Behüt dich die Sonne, der Mond und die Sterne, die Bäume, die fließenden Wasser und alle Tiere. Die Vögel werden mir täglich die Nachricht überbringen, wie es dir und deiner jungen Frau ergeht. Werdet glücklich miteinander!«

Dabei konnte sie nicht verhindern, dass ihr Tränen übers Gesicht liefen.

»Behüt der Himmel euch alle!«, erwiderte ihr Sohn. »Wir werden uns sicher bald wiedersehen!«

Danach knallte er mit der Peitsche, die Pferde zogen an und los ging es mitten in den Frühling hinein.

»Auf der ganzen weiten Welt,
ist mein Eigen nur mein Zelt;
führ ein Leben ohnegleichen,
tausch doch nie mit einem Reichen!«,

schmetterte er und kniff seine neben ihm sitzende junge Frau in den Arm, die sich vom Wind die Haare kämmen ließ. So glücklich war er.

Und Sara war zufrieden, weil sie ihre Familie nicht hatte verlassen müssen und bei ihrer Mutter weiter in die Lehre gehen konnte.

Sie hielten sich nirgendwo lange auf, wanderten

über Wien und Salzburg das Inntal hinauf und von dort über den Walchensee wieder in die Jachenau.

Unterwegs begleitete Sara ihre Mutter stets, wenn sie zu einem Kranken gerufen wurde, und bei leichten Fällen schickte Maruschka sie auch oft allein los. Sara hatte weiche Hände und eine sanfte Stimme. Wenn ihre Hände über die Schläfen einer kranken Frau strichen oder ihr in Essigwasser getränkte Tücher auf die Stirn legten, dann seufzte diese schon erleichtert auf.

Litt aber jemand unter starkem Kopfschmerz, erhob sie ihre Stimme auch zu einem beschwörenden Singsang:

»Schmerz, du Schmerz in deinem Kopf!
Mit dem Vater alles Schlechten
sollst du Schmerz, verfluchter, rechten!
Zieh jetzt weiter, sei so klug –
denn gequält hast du genug!
Hier hast du nicht Sitz noch Bleiben,
will dich aus dem Kopf vertreiben!«

Und immer gab sie dem Kranken einige Tropfen einer Kräutertinktur ins Trinkwasser oder einen besonderen, von ihr selbst gemischten Tee.

Mit der Zeit kam es öfter vor, dass die Leute nach

Sara verlangten, nicht nur wenn ein Tier im Stall erkrankt war, sondern auch bei kranken Menschen.

Der Sommer versprach schön zu werden. In der Jachenau waren die Blumen auf den Balkonen der Häuser voll erblüht. Gänse und Enten führten ihre Jungen spazieren, bei vielen Bauern sprangen zahlreiche Kälbchen auf der Wiese herum und die Schwalben hatten alle Schnäbel voll zu tun, um ihre Jungen satt zu bekommen. Das vergoldete Kreuz auf dem Zwiebelturm der Kirche glänzte im Sonnenlicht.

Beim Kramer erfuhr Sara, dass der Benedikt vom Bauer an der Leiten eine glanzvolle Hochzeit gefeiert hatte.

»Und die Agnes? Was ist mit der?«

»Wie das bei uns so üblich ist, hat der Vater dem Sohn schon vor der Hochzeit den Hof übergeben. Die Agnes ist nach Lenggries gezogen und geht dort in die Lehre bei einer Schneiderin.«

»Sie wollte doch Köchin werden!«

»Sie hat sich's eben anders überlegt«, sagte die Kramerin, während sie die Sachen einpackte, die Sara verlangte. »Sie wird es eh nicht lange aushalten dort. Kein Jachenauer bleibt lange in der Fremde. Wer hier geboren ist, will auch hier sterben. Warum interessiert dich das alles?«

»Nur so«, erwiderte Sara und verließ schnell den Laden.

An diesem Nachmittag hockte Sara lange an den kleinen Quellbach, an dem sie und Branko immer so gern gespielt hatten. Sie haderte mit sich selbst. Was erkundigte sie sich auch nach den beiden, die damals in der Verhandlung gegen ihren Bruder Branko und sie ausgesagt hatten? Was ging sie das noch an? Sie war inzwischen ebenfalls verheiratet mit einem Mann, der sie liebte, und wie sie seit kurzem wusste, erwartete sie ihr erstes Kind.

Schon bald drängte Maruschka zum Aufbruch, denn einige große Märkte warteten auf sie. Dort konnten die Männer bessere Geschäfte machen. Es gab mehr Messer zu schleifen und Eimer zu flicken. Auch reiche Herren versammelten sich dort, denen das Geld lockerer in der Tasche saß als den Bauern in der Jachenau. Ihre Frauen waren öfter krank als die Frauen der Armen und etwas über ihre Zukunft wissen wollten alle.

Mirko und Rocco wären gern noch länger geblieben, doch das Wort der *Puri-Dai* war für alle Gesetz, und sie wagten es nicht, ihr zu widersprechen.

Wenn Sara die Mutter bei einem Krankenbesuch begleitete, beobachtete sie genau, wie Maruschka mit den Kranken umging. Vor allem wenn sie schwer krank zu sein schienen, hatte sie neben ihren Kräutertinkturen und den Tees immer auch ein gutes Wort für sie.

»Ich kann dir ein Geheimnis verraten«, sagte sie eines Tages zu Sara, als sie wieder einmal zu einer kranken Frau gerufen wurden. »Du darfst es nicht weitersagen, denn die studierten Ärzte wissen nichts davon.«

»Und was ist das?«, fragte Sara sie und erwartete ein neues, ihr noch unbekanntes Rezept. Da sah sich Maruschka vorsichtig um und vergewisserte sich, dass niemand mithören konnte.

»Es ist die Hoffnung«, flüsterte sie leise. »Du darfst keinem Kranken die Hoffnung nehmen, dass er wieder gesund wird, auch wenn du zu wissen glaubst, dass der Tod schon auf ihn wartet. Die Hoffnung ist ein Allheilmittel. Ohne sie helfen keine Kräuter und keine Beschwörung. Sie ist besser als jede Medizin und gibt dem Kranken die Kraft, gesund zu werden.«

»Und wie gebe ich ihm die Hoffnung ein?«, fragte Sara und stellte sie sich wie ein besonderes Pulver vor.

»Sprich ihm gut zu! Sei guten Mutes und sag ihm, dass du von ihm erwartest, ihn in wenigen Tagen gesund herumlaufen zu sehen. Gib ihm etwas ab von deiner Kraft und bringe ihn zum Lachen!«

Sara nahm sich die Worte ihrer Mutter sehr zu Herzen und von Stund an erhöhte sich die Anzahl der von ihr geheilten Kranken erheblich.

Die Zigeunerkönigin

Sara brachte ihr Kind dort auf die Welt, wo auch sie selbst geboren worden war. Maruschka, Raissa und Rosina halfen ihr dabei, während Laszlo zusammen mit Milosch am Lagerfeuer saß und musizierte. Milosch spielte die Flöte, die er sich selbst aus kurzen und langen Schilfrohren gebaut hatte. Die Töne wehten sanft und beruhigend über die Zelte bis hinaus zu den Herden, die weit draußen in der Steppe ruhten. Sara entspannte sich und schon bald erblickte ein gesunder Junge das Licht der Puszta. Seine Eltern tauften ihn auf den Namen Sandor.

Der Frühling war noch viele Wochen weit entfernt. So wuchs das Kind im Lager auf und lernte erst später das Schaukeln eines Wagens kennen.

Sara und Milosch schätzten einander, und das ist

oft dauerhafter als die stürmische Liebe der Jungen. Sie hörte ihm gern zu, wenn er auf seiner Panflöte spielte, und fand, dass er mit ihr Geschichten erzählen konnte.

Obwohl Sandor früher als andere Kinder laufen lernte, konnte er noch früher reiten. Die Hunde liebten ihn. Sie nahmen Sara viel Arbeit ab, indem sie auf ihn aufpassten. Wenn er sich zu weit von den Zelten entfernte, packten sie ihn an seinem Kittel und zogen ihn ins Lager zurück.

In jenen Jahren eilte Sara der Ruhm als Heilerin weit voraus. Viele Menschen baten sie um Rat, nicht nur wegen eines körperlichen Gebrechens, sondern auch der Sorgen wegen, die ihnen über dem Kopf zusammenschlugen. Sie sprach mit allen, hatte für jeden ein gutes Wort und in schwierigen Fällen befragte sie mit Maruschkas Erlaubnis die Zauberkugel. Sie war auf dem besten Weg, das zu werden, was die Zigeuner unter einer *Tschochani* verstanden, eine Frau mit großem Wissen über alle Dinge des Lebens, eine Zauberin, die Gutes tat. Dass sie manche auch für eine Hexe hielten, dafür konnte sie nichts.

Ihre Mutter Maruschka spürte, dass sie alt wurde. Sie war immer noch die *Puri-Dai* und bestimmte die Geschicke ihrer Sippe, aber das Alter fraß sich in ihre Knochen, und das tat weh. Juri und Kolja hatten sich Frauen aus anderen Familien geholt. Sie hatten ebenfalls Kinder. Mirko wurde in eine Schlägerei auf einem Jahrmarkt verwickelt. Er erhielt einen Schlag auf den Kopf, von dem er sich nie mehr so richtig erholte.

Doch was auch geschah: Jahr für Jahr kehrte die Gruppe in die Jachenau zurück, schlug auf der Wiese in der Nähe des Kalten Wassers ihre Zelte auf, blieb ein paar Tage und zog dann weiter mitten durch den Isarwinkel, flussabwärts der großen Stadt München entgegen. Manchmal spielten Laszlo, Rocco und Milosch beim Wirt zum Tanz auf, aber Sara tanzte nie mehr vor den Gästen. Nie mehr. Vom Bauer an der Leiten hörte keiner von ihnen etwas. Nur die Kramerin erzählte Sara einmal, dass das Heimweh die Agnes wieder hergetrieben hatte und dass sie jetzt auf einer Alm als Sennerin arbeite und auf einige Kühe und das Jungvieh achte.

Ein Jahr nach der Geburt ihres Sohnes bekam Sandor ein kleines Schwesterchen. Der stolze Vater gab ihr den Namen Mirjam. Er las ihr jeden Wunsch von den Augen ab, sammelte Schneckenhäuser und kleine bunte Kieselsteine für sie und planschte mit ihr im Wasser, so lange, bis Sara ihn schimpfte.

Eines Tages verunglückte Laszlo beim Anspannen

der Pferde. Er verhedderte sich in die Zügel, die beiden Pferde galoppierten davon und schleiften ihn hinter sich her. Als Rocco ihn fand, war er schon tot. Seine Familie bestattete ihn am Rand eines Waldes. Maruschka, voll Trauer über den Verlust ihres Mannes, folgte ihm bald ins Grab. Sara trauerte um beide. Sie verlor für eine Weile die Freude am Leben. Doch sie war auf einmal die *Puri-Dai*, die Königin ihrer Sippe, von der das Geschick der Familie abhing. Sie konnte sich nicht leisten, in ihrer Trauer zu versinken.

Sie war eine schöne Frau, nach der sich die Männer umdrehten, wenn sie mit aufreizendem Hüftschwung über den Marktplatz ging.

»Seht die Zigeunerhexe!«, tuschelten sie hinter ihr her. »Seht, wie stolz sie ist! Sie bewegt sich wie eine Königin!«

Deshalb waren viele Frauen nicht gut auf sie zu sprechen. Unter ihnen waren oft auch jene, denen sie kurz zuvor noch aus der Hand gelesen oder die Karten gelegt hatte, die ihre Sorgen mit ihr geteilt und sie um einen Rat gebeten hatten. Die Frauen neideten ihr die Schönheit, ihr selbstbewusstes Auftreten und dass ihre Männer ihr begehrliche Blicke zuwarfen. Es kam manchmal sogar vor, dass Sara angespuckt wurde.

»Zigeunerhexe!«, beschimpften die Frauen sie. »Mach, dass du fortkommst! Du hast hier nichts zu suchen!«

Sara kümmerte sich nicht darum. Doch der Milosch sah es nicht gern, dass andere Männer seine Frau bewunderten.

»Was schert es dich?«, fuhr Sara ihn an, als er ihr Vorhaltungen machte. »Ich habe mir nichts vorzuwerfen und du hast keinen Grund für deine Verdächtigungen.«

Aber in Milosch keimte die Eifersucht. Sie wucherte und wuchs und ließ sich nicht verdrängen. Auch wenn sie die *Puri-Dai* war, die die Geschicke des Stammes bestimmte, so blieb sie doch seine Frau, und er ließ sie sich von keinem anderen Mann streitig machen.

Zu jener Zeit nahm die Verfolgung der Zigeuner wieder zu. Es war wie eine Wellenbewegung, die, unterstützt von der Regierung, viele Länder erfasste. Wurde einer von ihnen des Diebstahls bezichtigt, beschuldigte man gleich die ganze Sippe und alle anderen Gruppen, denen man begegnete. Sie waren Fremde. Ihre Hautfarbe war dunkler als die der sesshaften Bürger. Sie unterhielten sich in einer eigenen, den meisten Leuten unbekannten Sprache und ihr Wissen über viele Dinge hielten die Menschen für

Zauberei und Teufelszeug. Nirgendwo hatten sie ein Zuhause. Man hielt sie für Diebe, auch wenn sie sich nichts hatten zuschulden kommen lassen. Die Kinder wurden in die Häuser gerufen und eingesperrt, wenn sie durch ein Dorf fuhren. Mit einer Verhandlung vor dem Amtsgericht gab sich kein Richter mehr ab. Der Beschuldigte bekam keine Gelegenheit, sich zu verteidigen oder seine Unschuld zu beweisen.

Die Obrigkeit erklärte alle Zigeuner für vogelfrei und jedem Bürger war es gestattet, sie nicht nur zu vertreiben, sondern sie auch umzubringen, auch dann, wenn sie ihm nichts getan hatten. Zum Glück hielten sich nicht alle an dieses Gesetz.

Doch das Leben von Sara und ihrer Familie fand weiterhin auf den Straßen statt. Sie brauchten die Freiheit des Unterwegsseins wie andere die Luft zum Atmen. Deshalb versuchten sie, so weit es ihnen möglich war, jene Gegenden zu meiden, in der die Bevölkerung, aufgehetzt durch böse Gerüchte, jeden Zigeuner jagte wie ein Jäger sein Wild. Wenn sie aber, trotz aller Vorsicht und aus Versehen, doch in eines dieser Gebiete kamen, wenn die Leute ihnen mit ihren Sensen, Mistgabeln und Dreschflegeln hinterherliefen oder die Gendarmen Anstalten machten, mit Knüppeln auf sie einzuschlagen, dann verschwanden sie klammheimlich bei Nacht und Nebel.

Die Jachenau war und blieb ihr liebster Lagerplatz. Auch als bis dorthin die Gerüchte von den Verfolgungen drangen, auch wenn die Jachenauer selbst schon versuchten, die Zigeuner davon abzuhalten, den uralten Weg vom Walchensee in den Isarwinkel zu benutzen, lag es ihnen doch fern, den Fremden mit Gewalt zu drohen. Sie liebten es, wenn Rocco, Milosch und Kolja im Wirtshaus zum Tanz aufspielten, und keiner von ihnen wollte darauf verzichten, Sara oder eine der anderen Frauen zu rufen, wenn jemand krank wurde, oder sie zu bitten die Zauberkugel nach einer Lösung ihrer Sorgen zu befragen. Sara und ihre Leute wurden geduldet.

Die Sennerin

Eines Abends hatten sie es sich gerade am Lagerfeuer bequem gemacht und Sara hatte ihre Pfeife angezündet, denn sie wollte den Kindern ein Märchen erzählen.

Auf einmal stürzte ein Junge aus der Dunkelheit heraus mitten in den Feuerkreis und störte die Runde. In der Hand den langen Stock eines Sennen, suchten seine Augen nach Sara, die gerade einen tiefen Zug aus ihrer Pfeife nahm.

»Was gibt's?«, fuhr ihn Milosch unfreundlich an. »Was störst du uns?«

»Die Sennerin schickt mich«, keuchte er atemlos. »Ich soll die Frau holen, die so gut heilen kann, die Zauberin, die Kräuterhex. Sie soll mit mir kommen, schnell!«

»Warum?«, fragte ihn Sara verwundert. »Was will sie von mir?«

»Sie ist droben auf der Alm von einer Kreuzotter gebissen worden, hat große Schmerzen und verlangt nach dir.«

»Jetzt, mitten in der Nacht?«

»Es muss schnell gehen. Sonst stirbt sie.«

»Ist's weit bis dorthin?«

»Vom Dorf drei Stunden, vielleicht auch mehr, aber bei Nacht und von euerem Lagerplatz aus mindestens doppelt so lang.«

»Dann müssen wir uns halt gleich auf den Weg machen. Schaffst du den Weg ein zweites Mal?«

»Freilich. Ich bin's gewohnt, lang unterwegs zu sein.«

Sara legte die eben angezündete Pfeife wieder zur Seite und bat Rosina, auf die Kinder aufzupassen, weil es sein könnte, dass sie länger wegbliebe. Es kam häufig vor, dass sie unverhofft und eilig zu einem Kranken gerufen wurde. Während sich der Junge ein wenig erholte und dankbar die ihm von Rosina gereichte Suppe schlürfte, packte Sara die Sachen, die sie zur Behandlung eines Schlangenbisses benötigen würde, in ein Säckchen und legte sich ihr warmes Tuch um die Schultern. Dann machten sie sich auf den Weg. Der Junge übernahm die Führung.

Milosch bot an sie zu begleiten, doch Sara wollte nicht, dass er mitging. Er konnte ihr nicht helfen und sie brauchte Ruhe, wenn sie einen Kranken behandelte.

Die Nacht war weit fortgeschritten, als sie losgingen. Der Mond versteckte sich noch hinter den Bergen. Sie folgten ein Stück dem Fahrweg, der auf das Dorf zuführte, und kamen an einem großen Hof vorbei. Wäre aus dem Stall nicht ein leises Muhen zu hören gewesen, hätte man ihn für unbewohnt halten können. In der Ferne bellte ein Hund und die Kirchturmglocke schlug die zweite Stunde des neuen Tages.

Noch bevor sie das Dorf erreichten, bog der Junge links von der Straße ab und überquerte die Jachen auf einer Brücke. Dann begann der Anstieg.

»Auf der Abkürzung geht's schneller«, rief er über die Schulter Sara zu. »Ich kenn mich aus. Das Vieh geht einen anderen Weg.« Sara verließ sich auf ihn.

Inzwischen war der Mond aufgegangen, doch im Wald war es finster und auf dem schmalen, ausgewaschenen Pfad lagen viele Steine. Aber Sara war es gewohnt, sich bei Nacht zurechtzufinden. Sie hatte sich noch im Lager Bärlauch unter die Achseln gesteckt. Die bösen Geister mieden den Geruch von

Bärlauch und Knoblauch. Er würde sie schützen. Auch der klagende Ruf eines Käuzchens schreckte sie nicht. Wie schwarze Geister säumten die Bäume den schmalen Pfad. Sara dachte nur an die kranke Frau und hoffte, ihr noch rechtzeitig helfen zu können.

»Früher gab's hier viele Wölfe und Bären«, erklärte ihr der Junge kurz, als sie einmal stehen blieben, um Luft zu holen.

»Aber die Wölfe tun niemandem etwas«, erwiderte Sara, »wenn man ihnen nichts tut. Ich habe keine Angst vor ihnen.«

Dann gingen sie weiter. Sie folgten einem nicht enden wollenden Ziehweg, bogen dann plötzlich nach links ab und stiegen auf einem schmalen, im Zickzack hin- und herführenden Pfad den Berg hinauf. Nach vielen Stunden mühsamen Aufstiegs brachte sie der Weg zu einem kleinen Almboden. An seinem Hang befand sich das Almgebäude. Das Hüttendach war mit Feldsteinen beschwert worden, damit der Wind die Schindeln nicht fortblasen konnte.

Die Sterne verblassten allmählich. Hinter den Bergen im Osten kündigte ein heller Streifen am Nachthimmel schon den Aufgang der Sonne an.

»Dort ist's!«, seufzte der Junge erleichtert und beschleunigte seine Schritte. »Hoffentlich kommen wir noch rechtzeitig!«

Atemlos polterte er durch die Tür in den einzigen Raum, in dem die Sennen gewöhnlich schliefen, aßen, butterten und den Käse zubereiteten.

»Agnes!« Die Frau lag auf einer kargen Bettstatt und rührte sich nicht. In diesem Augenblick erkannte Sara, dass die Sennerin, die sie gerufen hatte, die Tochter des Bauern an der Leiten war, die kleine Gänsehirtin, die Agnes.

»Agnes!«, rief der Junge noch einmal. »Hier bring ich dir die Zigeunerin, wie du's verlangt hast. Sie kann dir sicher helfen.«

Sara eilte mit ein paar Schritten an das Lager der Kranken, um sie zu untersuchen. Die Stelle am Fuß, wo die Schlange sie gebissen hatte, war unförmig angeschwollen.

»Mach Licht!«, befahl Sara dem Jungen. »Ich muss etwas sehen!«

Der Junge brachte ihr eine kleine Öllampe. Die Stelle hatte sich blaurot verfärbt. Am Ächzen der Frau war zu erkennen, dass sie noch lebte und große Schmerzen hatte.

»Rasch, kaltes Wasser!« Sie holte aus ihrem Säckel ein Tütchen mit einem Pulver, das sie aus der Wurzel der Liebstöckelpflanze gewonnen hatte, vermischte es mit einigen Samenkörnern derselben Pflanze, vermischte alles mit etwas Wasser und machte ihr einen Umschlag.

»Zum Schneiden ist es zu spät. Das Gift hat sich bereits über den ganzen Körper verteilt.«

Sara kochte Tee aus getrockneten Blättern, die sie ebenfalls aus ihrem Säckchen holte.

Die Kranke fieberte. »Benedikt!«, stammelte sie verwirrt. »Schön, dass du gekommen bist!«

»Ich bin nicht der Benedikt.« Zärtlich strich Sara der verhärmten Frau über die farblos gewordenen strähnigen Haare. »Kennst du mich denn nicht mehr? Ich bin Sara, die Schwester von Branko.«

Agnes murmelte weiter, aber Sara verstand nicht, was sie sagen wollte. »Das Vieh, das Vieh!«, schrie sie plötzlich und schlug Sara den Löffel aus der Hand, mit dem sie ihr den Tee eingeben wollte. »Jemand muss nach dem Vieh sehen!«

»Es ist alles in Ordnung«, beschwichtigte Sara sie und blickte fragend den Jungen an, der neben ihr stand. Und als er nickte, wiederholte sie noch einmal: »Alles ist in Ordnung. Du brauchst dich nicht aufzuregen. Bald bist du wieder gesund. Du schaffst es. Ich weiß das.« Sie umwickelte ihre Beine mit einem nassen Tuch und bat den Jungen, er solle ihr Zweige von neun verschiedenen Bäumen bringen.

»Es dauert aber ein bisschen, bis ich sie gefunden habe. Ich muss ein Stück ins Tal hinunter und dann wieder hinauf«, gab er ihr zu bedenken.

Es vergingen etliche Stunden, bis er wieder zurückkam. Sara prüfte und zählte das Mitgebrachte. »Fichte, Buche, Eiche, Tanne, Kiefer, Wacholder, Birke, Weide und Holunder, das ist gut«, sagte sie und brach von jedem Zweig ein kleines Stück ab. Dann ging sie hinaus, stellte sich mit dem Rücken zu dem Bach, der den Brunnen mit Wasser versorgte, und warf die neun Holzstücke über die Schulter nach hinten ins Wasser. Dazu murmelte sie leise:

»Fieber, Fieber, weich von ihr,
Wasser, Wasser geb ich dir!
Ich kein Freund dir bin,
gehe darum hin!«

»Ruh dich jetzt aus!«, sagte sie zu dem Jungen, als sie in die Hütte zurückkehrte. »Ich brauch dich nicht mehr. Du warst die ganze Nacht auf den Beinen und wirst müde sein. Ich bleib noch eine Weile da.«

Der Junge warf sich auf einen Haufen alter Säcke und schlief gleich ein.

Sara setzte die Behandlung bis zum Abend fort. Sie saß neben Agnes und gab ihr Tee zu trinken. Wenn es nötig war, erneuerte sie die Umschläge und behandelte die Wunde immer wieder mit dem Pulver aus der Liebstöckelpflanze. In einem leise beschwörenden Singsang redete sie ihr gut zu und machte ihr Hoffnung, dass sie bald wieder frisch und gesund über die Almwiesen laufen könnte.

Später berichtete der Junge im Dorf, Sara hätte Zaubersprüche gemurmelt und es sei ihm so vorgekommen, als redete sie mit einem Geist. Er habe Angst vor ihr gehabt, weil sie vielleicht doch eine Hexe sei.

Allmählich kehrte die Sennerin wieder ins Leben zurück. Sara sprach ihr mit sanfter Stimme gut zu.

»Sara, bist du es?«, flüsterte Agnes plötzlich. »Ich hatte so sehr gehofft, dass ihr schon da seid und euer Lager wieder auf der Wiese neben dem *Kalten Wasser* aufgeschlagen habt.«

Nach einer Weile sagte sie: »Wie geht's Branko? Seid ihr noch böse auf uns?«

Und als Sara den Kopf schüttelte, redete sie weiter. Nach und nach kam heraus, wie das gewesen war damals, als die Gendarmen Branko eingesperrt hatten.

»Der Vater hat uns gedroht«, erzählte sie stockend. »Ich hab gewusst, dass er die Gans als Preis beim Kartenspiel mitgenommen hatte, und der Benedikt auch. Ich hab ihn mit der Gans fortgehen sehen und er hat gemerkt, dass ich ihn beobachtet habe. Und weil er Angst vor der Mutter hatte, die es niemals erlaubt hätte, dass er eine unserer Gänse für so etwas nimmt, hat er uns gedroht, wenn wir ein Sterbenswörtchen davon verlauten lassen, dann ...« Sie stockte.

»Was hat er euch angedroht?« Sara ließ nicht locker. Sie wollte genau wissen, was damals geschehen war.

»Ich weiß es nicht mehr«, stammelte die Kranke. »Ich glaub, er wollte uns verprügeln oder in den Schweinestall sperren oder bei der nächsten Walpurgisnacht die Hexen auf uns hetzen. Heute weiß ich nicht mehr genau, was es war, aber es muss etwas Schreckliches gewesen sein. Jedenfalls haben wir getan, was er von uns verlangte.«

»Hör auf, dir Gedanken darüber zu machen«, tröstete Sara sie. »Schlaf jetzt ein bisschen!«

Agnes schlief ein, und als sie am Abend wieder erwachte, ging es ihr viel besser.

Am Kalten Wasser

Am nächsten Morgen, als Agnes kein Fieber mehr hatte und die Schwellung im Bereich der Wunde fast völlig abgeklungen war, warf sich Sara das Schultertuch über und packte die übrig gebliebene Medizin wieder in ihr Säckel.

»Ich muss gehen«, sagte sie. »Ich habe Kinder im Lager, die ich nicht lange allein lassen kann.«

»Schade, dass du schon wieder gehen musst«, erwiderte Agnes traurig. »Heute kommt der Benedikt zu mir, um nach dem Rechten zu sehen. Er hätte sich sicher gefreut, dich wiederzusehen.«

»Das geht leider nicht«, erklärte Sara und spürte, wie ihr das Blut in den Kopf stieg. »Ich muss zurück. Ich find den Weg schon allein. Du hast ja den Jungen.«

»Behüt dich Gott!«, sagte Agnes.

»Dich auch«, entgegnete ihr die Zigeunerin. »Nur er weiß, ob wir uns noch einmal wiedersehen.«

Nachdenklich begann sie ihren Abstieg ins Tal hinunter.

Auf den Hängen rechts und links des Pfads blühte der Almrausch und weiter unten, wo es sumpfig wurde, bedeckten Enzian und Trollblumen die Wiesen. Ein über den Bergen kreisender Raubvogel veranlasste ein wachsames Murmeltier, seine Familie mit einem lauten Pfiff zu warnen. Der Gipfel des Staffel blieb hinter ihr zurück. Um sie herum war bald nur noch Wald.

Benedikt ging ihr nicht aus dem Kopf. Es war viele, viele Jahre her, seitdem sie ihm zum letzten Mal begegnet war. Er war sicher ein ansehnlicher Mann geworden, der Bauer des reichen, an der Leiten in Wegscheid gelegenen Hofes, der sich wie ein König in seinem Reich vorkommen musste. Ob sein rotblonder Schopf schon von grauen Strähnen durchsetzt war? Ob er sich einen Bart hatte wachsen lassen wie viele Männer im Tal? Der Bart würde sicher einen Teil der Sommersprossen verdecken, die sie so lustig gefunden hatte. Mit der Zeit war der Zorn auf ihn verraucht wie ein Lagerfeuer, wenn man vergisst, Holz auf die Glut zu legen. War der Grund für den Verlust von Branko nicht auch, weil er der Meinung gewesen war, er könne Unrecht mit Unrecht vergelten? Branko hatte keinen Versuch unternommen, sich aus dem Netz der Spinne zu befreien. Und weil er die Vorhaltungen seiner Familie nicht eingesehen hatte, war er weggelaufen, irgendwohin, wo ihm niemand Vorwürfe machen konnte, wenn er sich nahm, was ihm nicht gehörte. Es war seine eigene Entscheidung gewesen, die Laufbahn eines Diebes einzuschlagen. Die Zauberkugel hatte es ihr gezeigt, doch ihre Mutter, die *Puri-Dai,* hatte es früher erkannt als sie und richtig gedeutet.

Nein, sie war nicht mehr böse auf den Benedikt. Sie hatte ihm längst verziehen. Sie hätte nur gern gewusst, ob er mit seiner Frau glücklich geworden war. Vielleicht konnte ihr die Kristallkugel eine Antwort darauf geben? Sie beschloss, sobald sie das Lager erreicht hatte, die Zauberkugel zu befragen.

Der Wald blieb hinter ihr zurück. Im Sonnenlicht lag das Tal mit seinen Höfen, den Obstgärten und den auf den Wiesen grasenden Kühen, überlagert von dem Duft nach frischem Heu. Sie blieb einen Augenblick stehen. Sie war durch viele Länder gefahren, hatte die Puszta gesehen und die Ufer der Donau, war durch die Berge gefahren, hatte Ebenen und große Waldgebiete durchquert, doch hier erging es ihr wie ihrem Großvater, kein Tal gefiel ihr so gut wie das der Jachenau.

Wenn sie jemals den Wunsch in sich verspürt hätte, irgendwo sesshaft zu werden, dann hätte sie keine Sekunde überlegt: Dann wäre das hier gewesen. Dann hätte sie bis an ihr Lebensende hier wohnen wollen. Es war gut, dass sie nicht wusste, wie wenig Zeit ihr noch blieb.

Die Uhr der kleinen Kirche unten im Tal schlug zwölfmal. Sie musste sich beeilen und war froh, als sie die Abkürzung wiederfand, die ihr der Junge gezeigt hatte. Die Kinder warteten sicher schon sehnsüchtig auf sie.

»Du warst lange weg«, warf ihr Mann ihr vor, als sie im Lager ankam. »Wo warst du?« Er und Juri waren gerade dabei, eines der Pferde zu beschlagen.

»Auf der Alm bei der Agnes«, entschuldigte sich Sara. »Eine Kreuzotter hatte sie gebissen.«

»Welcher Agnes?«

»Der Schwester vom Benedikt, dem Bauern an der Leiten. Ich kenne sie von früher.«

Der in Miloschs Brust glimmende Funke der Eifersucht glühte auf und verwandelte sich in ein Flämmchen, so wie das Feuer des Schmiedes, wenn er es mit einem Blasebalg anfacht.

»War dieser Benedikt früher dein Liebhaber?«,

fragte er seine Frau misstrauisch. Das Pferd, das die Spannung zwischen den beiden spürte, trat unruhig hin und her. Und ohne ihre Antwort abzuwarten, knurrte er: »Geh weg! Du störst. Siehst du das nicht? Ich habe zu tun!«

»Ich wollte dir nur sagen, dass es gut sein wird, wenn wir hier möglichst rasch unser Lager abbrechen und weiterziehen«, sagte Sara kalt und in einem Ton, der ihrem Mann zu verstehen gab, dass sie die *Puri-Dai* war, die Königin ihrer Sippe, die keinen Widerspruch duldete.

Dann drehte sie sich um und ging einfach davon. Sie überlegte nur kurz, warum sie so schnell den Befehl zum Aufbruch gegeben hatte. War es der Zorn darüber gewesen, dass ihr Mann den Benedikt für ihren ehemaligen Liebhaber hielt und ihr mit seiner Eifersucht auf die Nerven ging? Sie fand keine Antwort darauf.

Die Nachricht, dass das Lager abgebrochen werden sollte, verbreitete sich schnell. Juri, der bei der Auseinandersetzung dabei gewesen war, erzählte es seinem Vater Mirko im Beisein seiner Mutter und Laila gab es gleich an Rosina weiter.

»Gerade jetzt«, maulte Rosina, »wo die Erdbeeren am Waldrand reif werden! Was Sara sich nur dabei denkt?«

Doch Sara kümmerte sich nicht um die Einwände der alten Frauen. Sara hatte sich in ihren Wagen zurückgezogen, weil sie die Zauberkugel befragen musste. Sie wollte wissen, ob sich der Benedikt noch an sie erinnerte, und sie wollte wissen, ob sie ihm noch einmal begegnen würde. Sie kramte das Bündel hervor, in dem sich der kleine Kasten befand, auf dem der Reiter immer noch mit hoch erhobenem Arm auf den Abflug seines Falken wartete. Sie schloss den Kasten auf und holte die Kugel heraus, zündete eine Kerze an und richtete alles für eine Befragung her. Dann sammelte sie ihre Gedanken und versuchte sich an den Benedikt zu erinnern. Sie sah ihn vor sich als Jungen, der mit zornrotem Kopf die Pferde mit Steinen bewarf.

Sie erinnerte sich daran, wie er Agnes und sie bei ihrer Unterhaltung gestört hatte, als er ihr die Nachricht überbrachte, seine Schwester müsse sofort heimkommen, weil die Mutter sie brauchte, und schließlich dachte sie an damals, als sie beim Maitanz zur Musik ihres Vaters getanzt und er sie dabei beobachtet hatte. Seine Blicke hatten sie angefeuert und sie hatte nur für ihn getanzt, nur für ihn und dabei alles um sich herum vergessen, so wie wenn sie allein auf der Welt wären.

Alle diese Gedanken wurden von dem sehnlichen

Wunsch gelenkt, ihn wieder zu treffen und mit ihm reden zu können.

Behutsam begann sie die Bergkristallkugel, die vor ihr stand, hin und her zu bewegen.

Zuerst erkannte sie nur ihr eigenes Gesicht, das sich auf der Oberfläche spiegelte. Sie sah eine nicht mehr ganz junge Frau, deren Gesicht von strähnigen Haaren umrahmt wurde. Um Augen, Mund und Nase bildeten sich die ersten Fältchen. Jedes von ihnen zeugte von einem entbehrungsreichen Leben, von einem Leben, das sie bei Wind und Wetter auf der Straße verbracht hatte, von Sorgen um das tägliche Brot und einen guten Lagerplatz, von Kummer, wenn sie vertrieben wurden oder wenn die Männer keine Aufträge erhielten. In ihren Augen glitzerten Tränen. Um ihren Hals hing neben der Schnur mit dem Schlüssel die Perlenkette, die Miloschs Mutter ihr zur Hochzeit geschenkt hatte, und auf ihren Haaren trug sie ein kleines rotes Käppchen wie er.

Sie begann die Kugel langsam zu drehen und ihr Bild verschwand. Nur die Tränen blieben zurück. Sie drangen in das Innere des Kristalls, stürzten hinab und verwandelten sich in kleine Wellen. Sie saß am Rand des Kalten Wassers und wartete, was weiter geschehen würde. Der aus dem Hang hinter ihr austretende Quellbach strebte talabwärts der Jachen zu.

Plötzlich schreckte sie zusammen und sie drehte sich um. Ein großes Insekt – eine Fliege oder war es die Spinne? – kroch auf sie zu. Die langen Fühler mit den Hakenhänden angelten nach ihr.

»Nein!«, schrie Sara und sprang auf. »Nein, nicht!« Sie schlug um sich und warf dabei das kleine Tischchen mitsamt der Kugel und der brennenden Kerze um.

Da steckte die alte Rosina den Kopf herein. »Ist was?«, fragte sie. »Hast du dir wehgetan?«

Sara trat schnell die Flamme aus, bevor sie größeren Schaden anrichten konnte.

»Nein, nichts«, beruhigte sie Rosina. »Ich bin mit dem Schienbein gegen eine Kiste gestoßen. Das ist alles.«

»Das tut weh. Kaltes Wasser hilft. Dann gibt's keine Beule.« Nach diesen Worten wendete sie sich ab und ließ Sara allein.

Sara war die Lust vergangen, aufs Neue den Kristall zu befragen. Später vielleicht, dachte sie, später. Sie nahm die Kugel und steckte sie in die Rocktasche. Dann stellte sie das Kästchen zurück auf den Tisch. Zerstreut machte sie sich wieder an die Arbeit, denn es gab viel zu tun, wenn sie am nächsten Tag aufbrechen wollten.

An diesem Abend, es war lange hell und Laila hatte eine köstliche Suppe gekocht, griff Sara nach ihrem Schultertuch und verließ die anderen, die noch am Feuer hockten und ihre Pfeifen rauchten. Sie wollte noch einmal zum Kalten Wasser und in Ruhe über alles nachdenken, und vielleicht wollte sie auch Abschied nehmen. Sie sagte niemandem, was sie vorhatte.

Sandor und Mirjam schliefen bereits und die anderen ließen sich nicht stören. Nur Milosch sah misstrauisch auf, als Sara davonging. Das kleine Feuer der Eifersucht züngelte in seinem Inneren und ließ ihm keine Ruhe. Nach einer Weile erhob er sich ebenfalls und verließ die abendliche Runde mit der Ausrede, er wolle noch nach den Pferden sehen. Vorsichtig darauf achtend, dass sie nichts davon merkte, folgte er seiner Frau, die auf geradem Weg dem Kalten Wasser zustrebte.

Begleitet vom Liebeslied zweier Amseln erreichte Sara schon bald die Stelle am Hang, wo das Wasser das Dunkel der Erde verließ und talwärts floss. Es wurde allmählich düster. Die Dämmerung schien aus dem Boden zu kriechen. Sie legte sich zwischen die Bäume und verschluckte das Licht des Tages. In der Ferne klagten Käuzchen. Ihre Rufe wechselten die Richtung, kamen einmal von hier und wieder von da und verstummten nach einer Weile.

Sara lauschte dem Murmeln des kleinen Baches und dachte nach. Sie ließ sich unter einer Fichte nieder, und als sie das tat, spürte sie auf einmal das Gewicht der Kugel in ihrer Rocktasche und griff nach ihr. Sie fühlte sich kühl an, kühl und angenehm. Sie umfasste sie mit den Fingern und drehte sie langsam hin und her. Dann fiel ihr ein, was sie in dem Kristall gesehen hatte, dass sie von einem Rieseninsekt angegriffen würde.

Hatte es da nicht hinter ihr geraschelt? Sie zuckte zusammen. Waren das Schritte oder brachen Zweige? Sie drehte sich erschrocken um und entdeckte eine dunkle Gestalt, die wie ein unförmiger Schatten durch das Gehölz auf sie zukam.

Entsetzt sprang sie auf.

»Sara? Bist du's?«, fragte eine ihr unbekannte männliche Stimme, und als sie nicht antwortete, noch einmal: »Sara? Erkennst du mich nicht? Ich bin's, der Benedikt.«

»Der Benedikt?«

»Genau der. Ich wollt mich bei dir bedanken für das, was du für meine Schwester getan hast, und hab mir schon gedacht, wo ich dich finden kann.«

Der Benedikt! Sara ging auf ihn zu, um ihn besser sehen zu können. Die Dämmerung verwischte seine Züge. Trotzdem erfasste sie, dass er ein stattlicher

Mann geworden war mit breiten Schultern, die es gewohnt waren, schwere Säcke zu schleppen, und mit Händen, so groß wie Schaufeln, die Bäume umsägen und im Winter die schweren Hörnerschlitten ins Tal führen konnten. An seiner Weste baumelte eine Uhrkette. Er war hoch gewachsen und eher knochig als dick. Ob seine Haare inzwischen grau geworden waren und ob er immer noch so viele Sommersprossen hatte wie früher, konnte sie in der Dunkelheit nicht erkennen.

Der Benedikt – sie freute sich sehr ihn wiederzusehen, bevor sie und ihre Familie die Jachenau verließen. Wer wusste schon, ob sie im nächsten Jahr zurückkommen konnten. Die Zigeunerverfolgungen nahmen immer mehr zu.

»Ich hätt's für jede andere auch getan«, sagte Sara leise, »und für die Agnes natürlich besonders gern. Wer hat's dir erzählt?«

»Ich war heute oben bei ihr, wie jede Woche. Da hat sie's mir selbst gesagt.«

Sie schwiegen beide. Nur das Murmeln des kleinen Bächleins war noch zu hören und hie und da der Käuzchenruf. Das Lied der Amseln war verstummt.

Sara machte einen Schritt auf Benedikt zu. Sie wollte sein Gesicht von nahem betrachten und stellte sich dicht vor ihn hin. Nur die Dämmerung war noch zwischen ihnen. Benedikt dachte nicht daran, sie zu berühren. So standen sie wortlos voreinander. Einer las dem anderen aus den Fältchen und Runzeln, die die Zeit in ihre Haut gegraben hatte, wie in einem Buch.

Benedikt erfuhr etwas von Jahren der Entbehrung und des Kummers. Sara hatte viel Leid gesehen, wenn sie zu Sterbenden gerufen wurde, denen auch sie nicht mehr helfen konnte, und sie hatte viele Beschimpfungen ertragen müssen, bei denen sie oft mit Steinen beworfen wurde oder die Gendarmen sie von ihrem Lagerplatz verjagten, auf dem sie gerade erst ihre Zelte aufgeschlagen hatten. Sie hatte zusehen müssen, wie ihre Kinder Hunger litten, während sie bei Wind und Wetter in ihren Zelten übernachten mussten, ohne ein wärmendes Feuer anzünden zu können.

Und Sara las aus seinem Gesicht, dass er schwer hatte arbeiten müssen, dass es Jahre des Verlustes gab, aber auch Jahre der Freude an seinen Kindern und seiner Frau.

Benedikt brach als Erster das Schweigen.

»Es ist nix geworden mit uns beiden«, murmelte er. »Der Herrgott hat's anders eingericht'.«

Sara nickte. Der Geruch nach warmem Kuhstall,

nach Milch und frischem Gras stieg ihr in die Nase. Ein Bauer und eine Zigeunerin, das passte nicht zusammen. Das würde nie zusammenpassen. Das hatte das Schicksal nicht vorgesehen. Immer noch umklammerte sie die kristallene Kugel in ihrer Tasche.

Ganz in der Nähe schrie von neuem das Käuzchen. Doch dann fuhr sie hoch. War da nicht wieder ein fremdes Geräusch? Der Klang von polternden Steinen? Von heimlichen Schritten und einem knackenden Ast unter schweren Stiefeln? Und bevor sie sich überlegen konnte, was das zu bedeuten hatte, sprang Milosch vom Hang auf den Fahrweg.

»Hab ich euch!«, schrie er mit vor Zorn bebender Stimme und riss die beiden auseinander. »Bin ich euch auf die Schliche gekommen!« Ohne sich weiter um seine Frau zu kümmern, stürzte sich der kleine Zigeuner auf den Bauern. Ein Schlag ins Gesicht, den zweiten in die Magengrube, und als sich Benedikt vor Schmerzen krümmte, packte Milosch ihn an der Kehle. Die Wut gab ihm ungeahnte Kräfte. Das wäre nicht gut ausgegangen, wenn sich Sara nicht eingemischt hätte.

»Milosch, nicht!«, schrie sie und versuchte die beiden auseinander zu bringen. »Du bist im Irrtum. Es ist nichts zwischen uns!«

Da nahm Milosch eine Hand von der Kehle seines

Widersachers und schleuderte Sara zur Seite. »Halt dich da raus. Das geht dich nichts an«, zischte er und bemerkte nicht, dass seine Frau rückwärts auf den Weg stürzte, hörte nicht den Klang, als ihr Kopf auf einem Stein aufschlug, dass sie stumm liegen blieb, während das Blut ihre Haarsträhnen tränkte. Nur Benedikt sah, was geschehen war.

»Sara!«, rief er entsetzt. »Ist was?« Mit einem kräftigen Ruck befreite er sich aus der Umklammerung seines Gegners und bückte sich zu der Frau hinunter. »Sag doch was, Sara! Hat er dir wehgetan?« Doch Sara blieb stumm.

Im selben Augenblick kam dem Milosch zu Bewusstsein, was er in seiner grenzenlosen Eifersucht angerichtet hatte. Er kniete neben Sara auf dem Boden, legte seinen Kopf auf ihre Brust und hoffte, das Schlagen ihres Herzens zu hören. Doch das Herz schlug nicht mehr. Es war still. Sara hatte zu atmen aufgehört.

»Was mach ich bloß? Sara, Sara! Das habe ich nicht gewollt!«

Inzwischen hatte Benedikt Zeit zum Überlegen gehabt. Sara war tot. Daran konnte er nichts mehr ändern. Man würde sie beide des Mordes bezichtigen, obwohl es ein unglücklicher Sturz gewesen war. Ihm, dem Bauern, würde man glauben, wenn er seine Unschuld beteuerte. Milosch, dem Zigeuner, nicht. Er würde den Tod seiner Frau mit dem Leben bezahlen müssen. Die Zigeuner waren vogelfrei. Dem Gesetz nach durfte jeder sie töten. Und wenn einer von ihnen einen anderen tötete, war das nur für viele Leute ein allzu willkommener Anlass, ihn auch umzubringen. Das wollte und konnte Benedikt nicht zulassen. Es war der letzte Liebesdienst, den er für Sara tun konnte. In jedem Fall würde die Sache, sobald sie bekannt würde, großes Aufsehen erregen. Als er den verzweifelten kleinen Mann neben seiner Frau auf dem Boden knien sah, bekam er Mitleid mit ihm.

Er packte ihn an der Schulter. »Hör auf zu jammern«, sagte Benedikt leise. »Du musst so schnell wie möglich verschwinden. Du und deine Familie. Noch heute Nacht. Noch bevor die Gendarmen den Befehl erhalten, dich zu verhaften. Wenn sie euch erwischen, werden sie nicht zimperlich mit euch umgehen. Flussabwärts werden sie nach euch suchen, weil das gewöhnlich euere Richtung ist, und deshalb müsst ihr flussaufwärts flüchten, zurück zum Walchensee.«

Er musste noch eine Weile auf ihn einreden, bevor Milosch aufstand und mit hängenden Armen vor der Toten stehen blieb. Es fiel ihm schwer, die Großmut seines Gegners zu verstehen.

»Aber wir können sie doch nicht da liegen lassen«, seufzte er.

»Hau ab! Verschwindet, so rasch ihr könnt! Überlass das mir. Das mach ich schon!«

Da schlich sich Milosch davon und ließ den Benedikt mit der toten Sara allein zurück.

Der Leitenbauer scharrte mit einem Ast eine Mulde neben das Rinnsal, das die Bauern das Kalte Wasser nannten und dessen Quelle sich irgendwo weiter oben am Berghang befinden musste. Gleich neben der Fichte, unter der Sara immer so gern gesessen und dem Murmeln des Bächleins gelauscht hatte, wollte er sie bestatten.

Als ihm die Mulde tief genug erschien, hob er ihren Körper hoch und bettete ihn hinein. Damit sie nicht frieren würde in ihrem kalten Grab, bedeckte er sie mit ihrem Schultertuch, das ihr Milosch zur Hochzeit geschenkt hatte. Und weil Sara unterwegs die Kristallkugel aus der Rocktasche gerutscht und über den Weg gekollert war, legte ihr Benedikt die Kugel zwischen die gefalteten Hände. Danach scharrte er Erde auf sie, und weil ihm das nicht genug war, sammelte er eine Menge Steine und häufte sie über ihr Grab, immer mehr und mehr, bis ein ordentlicher Steinhaufen Saras letzte Ruhestätte bedeckte.

Am Morgen war der Platz, auf dem ihre Sippe immer zu lagern pflegte, leer. Die Zigeuner waren verschwunden. Und weil niemand nach ihnen fragte, erfuhr auch niemand, dass sie ohne ihre Königin weitergezogen waren, denn Benedikt schwieg über alles.

Mehrere Jahre später befand sich plötzlich ein Bild am Stamm der Fichte. Ein Bild, das eine Zigeunerin zeigte, die eine Pfeife in der Hand hielt. Eine Perlenkette schmückte ihren Hals und eine Inschrift besagte, dass sich hier das Grab einer Zigeunerkönigin befände.

Kletten, Schachtelhalm und andere Kräuter siedelten sich auf den Steinen an und schon bald konnte sich niemand mehr daran erinnern, wo es sich genau befand. Der eigentliche Schatz, von dem so viel geredet wurde, musste wohl die Kugel aus Bergkristall gewesen sein. Sie hatte Sara stets dabei geholfen, ihre eigenen Sorgen und die der anderen zu erkennen.

Ein Tag war dem anderen gefolgt und hatte sich zu Jahren gereiht wie bunte Perlen, die von einem Mädchen auf eine Schnur aufgefädelt wurden. Niemand wusste, wie alt Sara gewesen war, als sie starb. Sie selbst hatte aufgehört die Sommer zu zählen, die sie in der Jachenau verbrachten. Die einen meinten, sie sei eine noch junge Frau gewesen, andere waren der Ansicht, sie müsste schon sehr alt gewesen sein. Vielleicht erschien sie nur äußerlich den Leuten jung, doch innerlich war sie eine alte Frau. Sie hatte so viel erlebt, hatte Kranken und Sterbenden geholfen, hatte Kinder behandelt und Tiere. Sie hatte gute Ratschläge erteilt und alle, die zu ihr kamen, immer wieder in der Hoffnung bestärkt, dass alles gut wird. Sie hatte den Kindern Märchen erzählt und hatte getanzt. Irgendwann hatte sie sich müde gefühlt, wie ausgehöhlt. Der Tod traf sie wie ein erlösender Blitz.

Nachwort

Den meisten Bewohnern des Isarwinkels und der Jachenau ist das Bild von der Zigeunerin im Baum bekannt, doch kaum jemand weiß etwas über seine Herkunft. Den Sagen nach sei sie hier zusammen mit ihrem wertvollen Schmuck begraben, erzählt man sich, doch niemand hat bis heute den Schatz gefunden.

Über die Art ihres Todes gibt es einige sich zum Teil widersprechende Geschichten. Sie sei als alte Frau lebendig von ihrer Sippe begraben worden, heißt es, so wie es in der Urheimat aller Zigeuner, in Indien, der Brauch gewesen war. Und dann wieder, sie sei von ihrem Ehemann erschlagen worden, weil der sie des Ehebruchs beschuldigte. Tatsache ist, dass bis vor wenigen Jahren alle sieben Jahre eine Gruppe von Sinti oder Roma in der Nähe des Kalten Wassers ein großes Fest feierte und dass bis dahin jeder von ihnen, der an dem Steinhaufen vorbeikam, unter dem man das Grab vermutete, einen Stein darauf legte und damit der Hoffnung Ausdruck gab, dass niemand ihre ewige Ruhe stören möge.

In einer Rechnung der Gemeinde Lenggries aus dem Jahr 1688 wird vermerkt, dass »das Zigeunergesindel aus Tirol nach Riss und Fall gekommen« sei »und im Letten« – an welchen Ort die Volkssage das Zigeunergrab verlegt – »eine Zigeunerhorde gelagert und einem Weibe aus ihrer Mitte eine Begräbnisstätte errichtet« habe.

»Es mangelt nämlich nicht an Kunde darüber«, schreibt im Jahr 1898 der von 1897 bis 1903 in der Jachenau als Lehrer beschäftigte Wolfgang Seidenader, »dass in den vergangenen Jahrhunderten oftmals Zigeunerscharen ihren Weg von Süden her nach dem Isarwinkel und in das Jachental genommen haben«.

Soweit mir bekannt, sind dies die frühesten Erwähnungen des Grabes.

Maximilian Schmidt, genannt Waldschmidt, schrieb in seiner 1888 erschienenen Erzählung *Die Jachenauer in Griechenland*, die er u. a. aufgrund von Zeitungsberichten aus den Jahren 1832/33 und 1834 verfasst hat, über einen Zigeuner, der von seiner Sippe den Auftrag erhalten habe, auf das Grab einer Zigeunerkönigin aufzupassen, das sich am Ausgang der Jachenau beim so genannten Zigeunerbrunnen befinde und wo seit undenklichen Zeiten alle siebzehn Jahre die Zigeuner ihr Lager aufschlügen, um mit Tanz und Gesang die Erinnerung an ihre einstige Königin zu feiern.

Der Heimatforscher Professor J. M. Sepp schrieb in seinem 1892 im Verlag der Lindauerschen Buchhandlung veröffentlichten Buch *Denkwürdigkeiten aus dem Bayeroberland,* dass bei dem »Zigeunerbrunn in der Jachenau« eine alte Frau eingescharrt worden sei. Als Merkmal sei dort eine Tafel angebracht worden mit der Inschrift *Grab der Zigeunerkönigin.*

Das ist der erste Hinweis auf eine Tafel an dieser Stelle. Außerdem berichtet Prof. Sepp, dass »in einem Mandat vom 19. Mai 1705 die Zigeuner für vogelfrei erklärt wurden, weil die Androhung lebendigen Räderns nicht mehr ausreichte (!), um sie abzuschrecken. An allen Hauptstraßen, die über die Grenzen führten, waren Säulen errichtet worden mit der Aufschrift: ›Tod den das Land Bayern betretenden Zigeunern‹. Wenn auf frischer Diebestat ertappt, sollten sie ohne weiteres massakriert, totgeschossen, totgeschlagen oder ›auf sonstige Weise‹ niedergemacht werden.«

Mehr ist nicht bekannt. Doch wenn man bedenkt, dass während der nationalsozialistischen Herrschaft, 1939 in einem Festsetzungserlass Heinrich Himmlers, dem so genannten *Auschwitz-Erlass*, zuerst die zwangsweise Unterbringung der Sinti und Roma in Sammellagern und ab 1940 ihre Deportation in Konzentrations- und Vernichtungslager angeordnet wurde und mehr als eine halbe Million Sinti und Roma in den Gaskammern starben, steigt ein tiefes Gefühl von Schuld in einem hoch über das grauenhafte Schicksal dieser Menschen.

Alles, was mir zu tun übrig blieb, war, der Geschichte des Bildes nachzugehen, das Regen, Frost und heftigen Schneestürmen ausgesetzt war und immer mal wieder ausgebessert oder erneuert werden musste. Nicht einmal der Besitzer des Waldes konnte mir etwas über seine Herkunft erzählen und wer dafür Sorge trug, dass es nicht völlig verschwand.

Peter Willibald aus Lenggries, der Sohn des gleichnamigen Malers, berichtet, dass sein Vater im Auftrag des damaligen Kreisheimatpflegers Kurat Jakob Ostler im Jahr 1966 das alte, völlig verwitterte Bild, auf dem kaum mehr etwas zu erkennen gewesen sein

So zeigte sich das Bild im Baum 1966.
Nach einer mutwilligen Zerstörung musste es übermalt werden.

soll und das seit einigen Jahren im Haus des Waldbesitzers aufbewahrt wurde, neu auf eine Blechtafel malte. Auch hier hielt die Zigeunerin eine Pfeife in der rechten Hand, so wie es die Frau auf dem alten verwitterten Bild getan haben soll. Auf einem darunter angebrachten Schild ist die Inschrift *Zur Zigeunerin am kalten Wasser* zu lesen.

Dann, in den Achtzigerjahren des vorigen Jahrhunderts, wurde das Bild von einem Schützen mutwillig als Zielscheibe benutzt und musste restauriert werden. Kaspar Mittermair, der Besitzer der *Gastwirtschaft zur Landerermühle* in Leger, berichtet, dass der Lüftlmaler Sepp Wurm aus Wegscheid, der schon viele Hauswände mit seinen Malereien geschmückt hatte, mit der Übermalung beauftragt wurde. Auch er hielt sich an das Vorbild, doch bei ihm glich die Zigeunerin eher einer jungen, modernen Frau.

Dank gebührt Peter Willibald, der mir ein Foto des Bildes, das sein Vater gemalt hatte, zur Verfügung stellte, und vor allem auch seiner Frau Maria, einer gebürtigen Ungarin. Frau Willibald berichtete von Laszlo, genannt Laci, einem Zigeuner, der in ihrem Restaurant in Ungarn gelegentlich aushalf. Als dieser Laci erfuhr, dass Frau Willibalds Mann aus dem Isarwinkel kommt, sagte er, seine Mutter Magdolna habe ihm immer erzählt, die älteren Mitglieder ihrer

Sippe hätten in der Jachenau das Bild einer Zigeunerin wie ein Heiligenbild verehrt, doch sie seien zu arm gewesen und hätten keine Gespanne mehr gehabt, um dorthin zu fahren. Aus anderer Quelle ist aber bekannt, dass eine andere Gruppe von Sinti oder Roma bis 1978 Jahr für Jahr in der Jachenau gelagert und dort Feste gefeiert hätte. Doch als sie entdeckten, dass jemand dieses Bild als Zielscheibe benützt hatte, seien sie erschrocken und tief verletzt gewesen und nicht mehr gekommen.

Danken möchte ich vor allem Kaspar Mittermair von der *Landerermühle* in Leger, der nach dem Tod des Kreisheimatpflegers Kurat Jakob Ostler für den Erhalt der Tafel sorgte, und danken möchte ich vor allem demjenigen, der – wann es auch immer gewesen sein mag – als Erster an dieser Stelle ein Bild angebracht hat, wo es seit vielen, vielen Jahren zum Gedenken an diese außergewöhnliche Frau hängt, immer wieder erneuert wurde und mir die Gelegenheit gab, mich mit dem Leben der Sinti und Roma vor einigen hundert Jahren zu befassen.

Sigrid Heuck

Von Sigrid Heuck ebenfalls
bei Thienemann erschienen:

Aminas Lied
Colleen – Die Geschichte eines Pferdes
Der Elefantenjunge
Irgendwo – Nirgendwo. Die Geschichte einer Flucht
Meister Joachims Geheimnis
Saids Geschichte

Heuck, Sigrid:
Das geheimnisvolle Bild im Baum
ISBN 3 522 17771 1

Gesamtausstattung: Daniela Chudzinski
Fotos: Sigrid Heuck (Seite 4) und Tölzer Kurier (Seite 217)
Einbandtypografie: Michael Kimmerle
Innentypografie: Bettina Wahl
Schrift: Stone Serif
Satz: KCS GmbH, Buchholz/Hamburg
Reproduktion: immedia 23, Stuttgart
Druck und Bindung: Friedrich Pustet, Regensburg

5 4 3 2 1* 05 06 07 08

Thienemann im Internet: www.thienemann.de